뭐 어때

뭐 어때

오은 산문

2020~2025

ㄴㄴ﹥﹤ㄷㄴ

작가의 말

아무렴,
계속하여 계속하면 되는 일

지난 십여 년간 나는 연재하는 사람이었다. 한 달에 한 번 돌아오는 마감일에 맞추어 칼럼을 썼다. 그사이 연재 코너의 이름도 변화를 겪었다. '청춘직설'이란 코너에 처음 글을 싣기 시작했는데, 몇 년이 지나 그 이름이 '직설'로 바뀌었다. 청춘이 지났다는 말인가 싶어 혼자 허허 웃기도 했다. 그러다 또 몇 년이 흘러 '직설'에 싣던 글을 '문화와 삶' 코너에 연재하기 시작했다. 직설이란 이름의 코너가 여전히 있고, 직설의 뜻이 "바른대로 또는 있는 그대로 말을 함"임을 떠올리면 고개가 끄덕여진다. 내 글쓰기가 단정 짓는 데서 멀어지는 방식으로, 여기 없는 것을 기꺼이 상상하는 방식으로 이어져왔기 때문이다.

연재連載란 "신문이나 잡지 따위에, 긴 글이나 만화 따위를 여러 차례로 나누어서 계속하여 실음"이라는 뜻이다. 여기서 중요한 것은 아무래도 '계속하여'가 아닐까 한다. 계속하기 위해서 창작자는 주기적으로 뭔가를 떠올리지 않으면 안 된다. 떠올린 것을 잊지 않기 위해 메모하는 습관도 들여야 한다. 그러려면 내 안팎으로 무슨 일이 벌어지고 있는지 예의주시해야 하는 태도가 필요하다. 그 일이 갖는 의미에 대해 곰곰이 생각해야 한다. 메모한 것을 토대로 한 편의 글을 완성해 마감 전에 송고해야 한다. 신문과 잡지는, 특히 일간지는 발행일을 늦출 수 없다.

타이밍도 중요하다. 매년 4월이면 세월호 참사가, 10월이면 이태원 참사가 떠오른다. 한 해의 끄트머리에 다다르면 연말연시의 분위기에 한껏 설레면서도 계엄의 충격 또한 매년 되새기게 될 것이다. 크리스마스이브에 발표되는 글에 크리스마스에 관해 쓰지 않기 어렵고 중차대한 일을 외면한 채 신세 한탄만 하고 있어서도 안 된다. 개인적 기억과 사회적 기억을 부단히 오가면서 '아직'을 '당장'에 옮겨야 한다. 아직 나타나지 않은 단어, 아직 표현되지 않은 문장, 아직 형상화되지 않은 장면, 아직 들려주지 않은 사연 사이를 바삐 넘나들어야 한다. 타이밍은 속도를 맞추는 일이자 순간을 허투루 흘려보내지 않는 일,

사건이 벌어진 바로 그 자리를 지면 위로 옮겨 다시 펼치는 일이다.

이 자리를 빌려 경향신문에 깊은 감사의 말씀을 드린다. 2016년부터 귀한 지면을 내어주셨기에 나는 길 위에 서 있을 수 있었다. 잠자코 서서 주변을 두루두루 살필 수 있었다. 서 있기만 하는 데서 그치지 않고 어디론가 걷다 어딘가에 깃들 수도 있었다. 평소라면 지나쳤을 현장에 스스럼없이 발 들일 수도 있었다. 개중 어떤 것은 내 삶을 조금 다른 쪽으로 이끌었을 것이다. 하루하루를 연재하듯 살아가며 어제를 오늘로, 오늘을 내일로 잇댈 수 있었다. 연재가 없었어도 나는 쓰는 사람이었을 테지만, 연재가 없었다면 나는 조금 덜 성실하게 쓰는 사람이었을 것이다.

『다독임』작가의 말에 나는 이렇게 썼다. "다독다독은 의태어지만 다독이거나 다독임을 받을 때, 우리는 남들이 듣지 못하는 어떤 소리를 듣는다. "괜찮아, 괜찮아"라는 뭉근하고 다정한 위로가 들릴 때도 있고 "괜찮아? 괜찮은 거지?"라는 다급한 물음이 들릴 때도 있다." "뭐 어때"는 "괜찮아"와 맞닿아 있는 말이다. 남의 시선에 얽매이지 않고 내 마음에 집중하고 싶을 때 하는 말이다. 누군가와 비교하며 나를 증명하는 것이 아닌, 자신을 몸소 마음껏 받아들이는 말이다. 심상하고 심드렁한 말처럼 들리지만, 그 안에는 자기긍정의 씨앗이 단단하게 심겨 있다.

씨앗에서 어떤 싹이 틀지 모르지만, 그때를 위해 소리 내어 연습해본다. 뭐 어때, 내가 심었는데. 어찌 자라날지, 어떻게 뿌리내릴지 아직은 모르는데. 모름지기 모르는 사람이 제대로 궁금해하는 법이다.

2025년 5월

오은

차례

2023년

2024년

2025년

2020

열심히
기억하는 일

몇 년 동안 연락이 끊긴 친구와 오랜만에 통화했다. 예전에는 격의 없이 만나 술잔을 기울이던 친구였는데 일을 명목으로 전화를 주고받게 되니 기분이 이상했다. 안부를 묻고 근황을 확인하는데 낯익은 목소리로 낯선 말이 흘러나온다. "열심히 지내고 있지." '열심히'와 '지내다'가 결합하니 새로운 말처럼 들렸다. 열심히 지낸다는 말에서 시간을 허투루 쓰지 않겠다는 기개가 느껴졌다. 매시 매분 매초를 성실하게 사는 한 사람이 아니라, 시간에 집중하지만 때때로 그것을 흘려보내기도 하는 사람이 떠올랐다. 시간을 자신이 있는 방향으로 끌어당기기도 하고 밀어내기도 하는, 능동적인 사람 말이다. 그런 사람에게 시간은 그를 에워싸는 것이다. 그것을 붙들지 말지는 그가 결정한다.

십 년이 넘는 시간 동안 열심히 공부해야 한다는 말을 귀에 못이 박이게 들었다. 그 말을 곧이곧대로 따르지는 않았지만, 빈둥댈 때마다 흠칫 놀라게 되는 순간이 찾아왔다. 열심熱心에서 벗어나 있음을 자책하다가 다시 책상 위로 고개를 푹 수그렸다. 직장에 들어가니 열심히 일하는 것이 미덕이었다. 열심히 안 해도 잘만 하면 된다는 이야기를 들었지만, 신입사원에게 그건 요원한 일이었다. 열심히 해야 그럭저럭 내가 맡은 일을 마칠 수 있었다. 혼자 이어달리기하듯, 어제 도착한 곳에서 오늘의 골인 지점을 향해 달리는 날이 이어졌다.

어느 순간, 나는 열심을 다해 살고 있었으나 그 말을 남에게 듣는 것은 싫어하는 사람이 되었다. 열심히 살고 있다는 것을 들키지 않고 싶었다. 열심히 공부하고 일해왔지만, 겉으로는 여유로운 사람처럼 보이고 싶었다. 열심히 했는데도 실패하고 말았던 경험은 나를 위축시켰다. 열심히 하고 있다는 사실을 들키지 않는다면 짐짓 처음인 것처럼 다시 시작할 수 있을 것 같았다. 열심히 지내고 있다는 친구의 심상한 말 속에는 '목표 달성'을 위한 열심이 아니라 '태도'로서의 열심이 들어 있었다. 이때껏 나는 열심을 오해하고 있었다.

아침 일찍 출근하고 잔업을 처리하기 위해 자발적으로 야근하는 삶, 보란듯이 어떤 목표를 설정하고 꾸준히 노력해 그것을 달성하는 삶에만 열심이 해당되는 것은 아닐 것이다. '어떤 일에 온 정성을 다하여 골똘하게 힘씀. 또는 그런 마음'이 열심이라면, 도처에 그것이 있는 셈이다. 시장 좌판에도 있고 버스 정류장이나 지하철역에도 있다. 열심은 거리 위를 거니는 사람들의 신발 굽이나 소매 끝에 묻어 있기도 하다. 가시적인 결과가 있어야만 열심을 평가할 수 있다면 슬프지 않을까. 열정과 마음은 으레 보이지 않기 때문이다.

회사에 다닐 때의 일이다. 몇 날 며칠을 밤새워 보고서를 작성했다. 눈뜨는 순간부터 잠들기 전까지 오로지 보고서만 생각했다. 그야말로 열심이었다. 그런데 그 보고서가 채택되지 못했다. 아무리 애쓰고 힘써도 성과가 나지 않을 수 있다는 사실에 낙담했다. "그래도 열심히 했잖아?"라는 동료의 말에 화를 내고 말았다. 나를 위로하고자 건넨 말이었겠지만, 당시에는 저 말이 그렇게 원통할 수 없었다. 그동안의 열심이 물거품처럼 느껴졌다.

그런데 시간이 지날수록 저 말이 이상하게 위안이 되었다. 열심의 상태일 때 나는 행복했었다. 좋은 결과를 염두에 둔 열심이 아니었다. 어떤 일에 집중하는 시간은 그 자체로 소중한 것이었다. 열심의 초점을 결과에 두지 않아야겠다고 마음먹은 것도 이때다. 열심의 태도가 사람을 가슴 뛰게 만든다는 것이, 어떤 신념이 열심의 상태를 유지하고 묵묵하게 내 몫을 다하게 해준다는 것이 중요했다. 덕분에 나는 열심을 잃지 않을 수 있었다.

열심이 빛날 때는 어떤 일에 몰두하는 상황에서도 중요한 것을 지키려고 할 때다. 이는 나를 잃지 않겠다는 몸부림이자 살아가는 궁극적 이유가 되기도 한다. 오늘은 세월호 6주기다. 잊지 않는 것도 열심이 있어야 가능하다. 기억하는 것은 가장 열렬한 움직임이다. (4월 16일)

변화를 읽고
잇는다는 것

지난 주말, 제주도에 다녀왔다. 코로나19로 사정이 여의찮아 토요일과 일요일 행사 모두 온라인으로 진행되었다. 카메라와 눈 맞추는 것이 어색해서 말은 자주 엉키고 이야기의 갈피를 놓치는 경우가 많았다. 이미 너무 멀리 와버려서 이야기의 어귀로 돌아가는 건 불가능했다. 틈틈이 채팅창에 적힌 질문에 답변도 해야 했다. 낯선 상황에서 임기응변을 발휘할 수밖에 없었다. 흔쾌히 틈을 내는 사람에서 악착같이 그것을 메우는 사람이 된 것 같은 느낌이었다.

다행히 시간은 평소처럼 흘러가주었다. 끝나고 나니 왠지 모르게 괜찮았다. 이상한 일이었다. 평소의 나라면 말을 제대로 못했다고 자책하거나 무사히 끝났다고 호들갑을 떨었을 텐데,

그저 빙긋 웃고만 있었다. 제주도여서 그랬을까? 온라인이어서 그랬을까? 공간이 바뀌고 방식이 달라지니 내가 조금 용감해진 것일까? 예상치 못한 일에 얼어붙곤 하는 나인데, 어떤 방식으로든 누군가를 '만났다'는 사실에 마냥 기뻤다. 한 학기 동안 비대면 방식으로 수업을 진행했던 게 도움이 되었다. 같은 이유로, 누군가를 만나는 일이 몹시 그리웠던 것 같다.

변화는 매일 일어나고 있다. 코로나19로 온라인 강의가 수면 위로 부상하고 강연자들이 하루아침에 유튜버가 된 것처럼. 회사가 재택근무를 늘리고 각자 원하는 음식을 앞에 둔 채 온라인 회식을 진행하는 것처럼. 마스크 쓴 사람을 수상쩍은 눈으로 바라보던 게 엊그제 같은데, 이제는 그것을 쓰지 않은 사람을 매서운 눈초리로 쏘아본다. 누드 비치에서조차 마스크만은 반드시 착용해야 한다는 기사도 보았다. 세계 여기저기에서 변화에 적응하려는 움직임이 활발하다.

변화를 받아들이고 거기에 발맞추는 일은 '그럼에도 불구하고'의 마음에서 시작된다. 외출을 자제해야 한다고 해서 공부하고자 하는 열망이 덩달아 식지는 않는다. 어떻게든 무언가를 배우려고 하는 마음이 온라인 강의를 확산시켰을 것이다. 재택근무의 효용이 높아서 처음부터 도입한 것은 아닐 테지만, 이는 일해야 하는 노사勞使 양측을 고려한 최선의 결정이었을 것이다. 여러 업종에서 출퇴근 근무만큼 성과를 내고 있다고 하니, 변화를 감지하는 것만큼이나 이에 대처하는 것이 중요하다는 생각을 하게 된다.

비단 사회에 전염병이 돌거나 정권이 바뀔 때만 변화가 일어나는 것은 아니다. 돌아오는 비행기 안에서 김지경이 쓴 『내 자리는 내가 정할게요』(마음산책, 2020)를 읽었다. 기자로 일하면서 뉴스 진행까지 맡게 된 그는 현장과 스튜디오에서 종횡무진으로 활약한다. 남자 앵커는 화면 왼쪽에, 여자 앵커는 화면 오른쪽에 서는 관행을 깨뜨리는 데도 성공한다. 메인 앵커가 화면 왼쪽에 서는 게 관례라면, 자신이 그 자리로 가고 싶다고, 가야 한다고 말한다. 중년의 남성 앵커와 젊은 여성 앵커의 조합에 길든 이들에게는 이상하게 보일지 모르지만, 이는 그동안 우리가 그런 조합만 보아왔기 때문이다. 고착된 상태가 변화를 막고 있었다.

"내가 만든 이 조그만 '선례'가 다음 이 길을 걸을 여성들에게 조금이라도 보탬이 되길, 그래서 고민과 걱정을 덜어줄 수 있기를"이라고 고백하는 그의 문장을 보고 상념에 잠겼다. 일선에서 변화를 일구는 사람이 있고, 그것을 읽고 이어나가는 사람이 있다. 한번 일어난 변화는 또다른 변화를 낳을 것이다. 이야기의 어귀로 돌아가는 게 불가능할 때는 새로운 이야기를 만들어야 한다. 거기에 귀기울여야 한다.

불씨를 지펴줘야 불씨는 불꽃이 되고 마침내 불길로 치솟을 수 있다. 변화를 잇되 잊으면 안 된다. 지난 정권 때 민주주의 이전으로 돌아갈 수 없어 시민들이 들고일어났듯, 한번 바뀐 지형도에서 묵은 생각과 아집은 통용되지 않는다. 새로운 상황에 걸맞은 새로운 상상을 해야 한다. 힘겹게 트인 물꼬에서 시원한 물이 쏟아지고 있다. 사방에 변화가 있다. (6월 11일)

손발이 닿는 존재

2012년 겨울 첫 직장에 입사할 때, 엄마가 구두를 한 켤레 사 주셨다. 첫 직장은 평상복 차림으로 출근이 가능한 곳이어서 구두를 신을 일이 거의 없었다. 편한 복장이 통용되는 곳이었다. 구두는 이따금 경조사가 있을 때면 꺼내 신곤 했는데, 그때마다 발에 맞지 않은 느낌이 들었다. 얼마 전 신발장에서 마주한 구두는 잔뜩 낡아 있었다. 신는 횟수와 상관없이 시간이 흐르면 마모될 수밖에 없음을 보여주는 듯했다. 그 구두가 팔 년째 신발장에 있다. 낡을 대로 낡았는데도 도무지 버릴 엄두가 나지 않는다.

가뜩이나 물건을 잘 버리지 못하는 나에게 가장 어려운 것은 다름 아닌 신발이다. 신발을 신고 돌아다닌 시간이 신발에 고스란히 스며들어 있을 것만 같아서다. 신발을 보면 거기에 얽힌 추억 한두 가지는 자연스럽게 떠오른다. 이 로퍼를 신고 청계산에 오를 때 발바닥이 다 닳는 줄 알았지, 저 샌들을 신고 외출한 날에는 소낙비가 내려 온몸이 흠뻑 젖고 말았지, 저 운동화는 세탁할 때마다 색이 옅어져서 나중에는 무늬조차 하얗게 될지 몰라, 저 신발을 처음 신었던 날 똑같은 신발을 신은 친구를 만나서 얼마나 무안했던지……

신발장이 꽉 찬 것도 모자라 미어지기 직전이어서 기어이 신발을 버려야 하는 날이 찾아왔다. 갈팡질팡하는 나를 위해 형이 버려야 할 신발들을 골라주었다. 딱 봐도 다시는 못 신을 것 같은 신발들이라고 했다. 설명을 들으니 수긍되긴 했지만, 신발을 버리러 나가는 형을 따라나서지는 못했다. 발이 더이상 자라지 않게 된 이후, 나는 신발 끈이 서로 매듭지어 연결되는 상상을 하곤 했다. 걷기를 좋아하는 나는 어떤 신발을 신고도 묵묵히 걸을 수 있었기에, 모든 신발은 나의 발자취와도 같았다. 형이 구두를 집어들려는 찰나, 반사적으로 가로막았다. "이건 안 돼. 나의 처음이야."

엄마가 사주신 구두를 신고 장례식장에 가던 날이 떠오른다. 일 년에 몇 차례 신지 않는데도 해가 갈수록 신발이 편해진다는 생각이 들었다. 구두에 맞게 내 발이 변하는 것일까, 내 발에 맞게 구두가 몸을 바꾼 것일까. 횟수를 곰곰이 따지면 전자가, 상식적으로 생각하면 후자가 맞을 것이다. 구두가 맞춤 신발로 탈바꿈한 것 같았다. "새 옷을 사줘도 꼭 저 옷만 입더라." 생전에 아빠가 외출할 때마다 엄마는 핀잔하듯 저 말을 했었다. 문득 낡아가는 것은 편해진다는 의미일 수도 있겠다는 생각이 들었다.

신발장의 공간이 부족했는지 장례식장 입구에는 구두들이 즐비했다. 구두를 벗으며 다른 이들의 구두를 슬쩍 바라보았다. 앞코가 하얘진 구두, 뒤축이 해질 대로 해진 구두, 새로 산 듯 반질반질 윤이 나는 구두, 발바닥이 닿는 부분만 벗겨진 구두, 징을 박아넣은 구두도 보였다. 엇비슷해 보이는 구두는 저 흔적들로 비로소 '나의 구두'가 되었을 것이다. 사물에도 손길이 필요하다. 손때가 묻어야 정이 들고 발길이 이어져야 생명력이 유지된다.

엄마는 요새 친구의 집에 자주 오간다. 일 년 동안 해외 출장을 가게 된 친구가 엄마에게 이따금 집에 들러달라고 부탁했다는 것이다. 반려식물이라도 있는 줄 알았는데, 그것도 아니었다. "집도 사람 손이 끊기면 금세 생기를 잃어버려. 들어가서 자리에 앉아 숨도 쉬고 창문 열어 환기도 해줘야 해." 지난 주말, 책장을 정리하다 사놓고 읽지 않은 책들에 생각이 가닿았다. 단 한 번도 펼쳐보지 않았는데, 표지가 잔뜩 바래 있었다. 페이지를 넘길 때마다 버석거리는 소리가 났다. 손때 묻은 책은 술술 넘어가는데, 구입하고 나서 방치한 책들이 오히려 위태로웠다. 앞장과 뒷장이 달라붙어 떨어지지 않으려고 했다. 손이 끊겨서 그런 것 같았다.

손발이 닿는 존재를 하나하나 떠올려본다. 매일 이용해서, 가끔 사용해서 소중함을 잊어버린 것들. 손끝이 저리고 발뒤꿈치가 들썩인다. (7월 9일)

'뭐 어때' 활용법

　바깥에서는 늘 웃고 다니려고 애쓴다. 웃는 얼굴을 보면 사람들이 으레 미소를 지으니까. 인사도 경쾌하게 하려고 애쓴다. '안녕' 두 글자를 힘주어 발음하면 아주 잠깐 안녕해진 것 같은 기분이 든다. 두 다리와 발끝에도 힘이 들어간다. 빗길 위에서는 미끄러지지 않기 위해 신경이 곤두선다. 그러다 보도블록을 잘못 디뎌 휘청하고 만다. 중심을 잡는 데 실패해 결국 엉덩방아를 찧는다. 우산이 뒤집히고, 비바람인지 바람비인지 모를 그것에 온몸이 젖는다. 머리칼이 한쪽으로 쏠린다. 일부러 웃으려고 하지 않았는데도 제풀로 웃음이 난다. 혼잣말로 중얼거린다. "뭐 어때, 본 사람도 없는데."

　집에 돌아와 거울을 보니 물에 빠진 생쥐가 따로 없다. 뜨거운 물로 샤워하는데 예의 그 순간이 떠올랐다. 흐느끼듯 하염없이 웃었다. 보도블록을 잘못 디딘 순간, 우산을 잡은 손에 힘이 잔뜩 들어갔었다. 넘어지지 않으려고 살금살금 걸었다고 생각했는데, 실은 우산을 놓치지 않으려고 그랬나보다. 우산이 나를 보호해줄 거라고 철석같이 믿었나보다. 뭐 어때, 그래도 우산은 무사하잖아. 비에 온몸이 젖은 것은 실로 오랜만이었다. 젖은 몸을 또 한번 젖게 하는 일을, 나는 하고 있었다.

다음날에는 동네 서점에 갔다. 장마가 길어지고 있었고, 그날에는 다행히 부슬비가 내렸다. 입구에 비치된 우산꽂이에 우산을 꽂고 한참 동안 책 구경을 했다. 읽고 싶은 책, 선물하고 싶은 책, 이미 있지만 동네서점 에디션이 유독 탐나는 책, 나중에 필요할 것 같은 책…… 책 구경을 하다보면 시간이 금세 흐른다. 계산을 하는데 서점 직원이 묻는다. "이 책 지난번에 사가시지 않았어요?" "아, 그랬나요?" 얼굴이 벌게진다. "뭐 어때요, 집에 있으면 친구에게 선물하면 되잖아요." 직원분이 명쾌한 답을 준다.

그사이 부슬비가 작달비가 되어 있었다. 난데없이 폭우가 쏟아져 발이 묶인 사람들이 서점 앞 처마 밑에 망연하게 서 있었다. "대체 누가 우산을 가져간 거야! 어떡하지? 택시를 불러야 하나?" "너무 먼 거리잖아. 지하철역까지만 가면 괜찮을 텐데."
주변을 돌라봐도 우산을 살 수 있는 곳은 없었다. 비는 한동안
잦아들 기미가 보이지 않았다. 무슨 생각이었을까? 나는 호기
롭게 그들에게 내 우산을 건넸다. "저는 집이 바로 요 앞이에
요." 아무리 넉넉하게 잡아도, 집은 '요 앞'이라고 칭할 수 없는
거리에 있었다. '뭐 어때? 전력으로 질주하면 금방일 거야.' 그
들이 떠나고 난 후, 나는 있는 힘껏 숨을 들이켰다. 그리고 달
리기 시작했다. 한참 뒤 요 앞이 나타났을 때는 탈진해 있었다.

몸을 씻고 사온 책 중 한 권을 골라 읽기 시작한다. 김개미가
쓰고 박정섭이 그린 동시집 『오줌이 온다』(토토북, 2019)를 펼
치자 시인의 말이 나온다. "좀 못생겼으면 어때/가끔은 귀여울
때도 있는데/좀 멍해 보이면 어때/갑자기 좋은 생각이 나기도
하는데/좀 만만해 보이면 어때/진짜로 만만하지는 않은데" 또
다시 웃음이 터져나왔다. '뭐 어때'의 마음과 맞닿아 있는 것 같
았다. 오늘 누군가가 나를 보고 익살맞게 생겼다고 했는데, 그
때도 나는 이렇게 대꾸했다. "뭐 어때요? 덕분에 누군가가 웃을
수 있다면 참 좋지요."

"뭐 어때" 다음에 찾아오는 쉼표 덕분에 나는 얼굴 붉히지 않
을 수 있었다. 쉼표를 찍듯 심호흡을 하고 나면 방금까지 나를

옥죄던 문제가 별것 아닌 것처럼 느껴졌다. 짜증이 날 때나 울화가 치미는 순간에 더 자주 떠올리고 싶은 말이었다. 비를 잔뜩 맞고 돌아온 날, 쉼표를 찍으면서 이런 생각을 했다. '뭐 어때, 덕분에 샤워할 때 더 개운했잖아.' 오늘은 메모하다 내려야 할 정거장을 지나치고 말았다. '뭐 어때, 덕분에 좀 걸을 수 있었잖아.' 가뜩이나 웃을 일 없는 요즘, 비상약처럼 갖고 다니는 말이 내겐 '뭐 어때'다. (8월 6일)

선택할 수
있다는 것

"점심 뭐 먹지?" 회사 다닐 때 거의 매일 이 질문을 던졌다. 점심시간은 한 시간이었고 어디 멀리 나갈 수는 없는 노릇이었다. 입사 육 개월째부터 물음은 습관이 되어버렸다. 별다른 것 없음을 알면서도 정오가 되면 반사적으로 저 질문이 튀어나왔다. 그때마다 옆에 앉은 동료는 참을성 있게 몇 가지 메뉴를 제시했다. 이번주에 아직 먹지 않은 메뉴를 가리는 것도 쉬운 일은 아니었을 것이다. 선택지를 받고 나서도 나는 묵묵부답이었다. 사소할지 모르지만, 오후의 기분을 좌지우지할 수 있다는 점에서 그것이 무척 중요하게 느껴졌다.

어느 날에는 선택할 필요가 없었다. 한 달에 한 번 점심 회식이 있었는데, 해당 달의 담당자가 장소를 물색해서 메뉴를 선정하는 방식이었다. 굳이 선택하지 않아도 된다니 양어깨에 들어갔던 힘이 스르르 풀렸다. "너는 큰 결정은 시원시원하게 하는데, 오히려 작은 결정 앞에서는 움츠러드는 것 같아." 동료의 말을 듣고 상념에 잠겼다. 여럿이 함께 있을 때, 나는 선택하지 않는 쪽이었다. 선택하고자 하는 욕망이 없었던 것일까, 선택에 크게 무게를 두지 않는 편이었을까, 아니면 선택에는 책임이 따른다는 것을 잘 알아서 그랬던 것일까.

작년에 김영하의 『여행의 이유』(문학동네, 2019) 북토크를 진행한 적이 있다. 그때 나는 우스개로 『여행 안 하는 이유』라면 쓸 수 있을 것 같다고 말했었다. 코로나19 국면이 길어지니 생각이 바뀌었다. 여행을 좋아하는 것과는 별개로, 우리에게는 여행을 할지 안 할지 결정하는 데서 오는 만족감이 중요하다. 매일 점심, 선택지를 받을 때마다 무엇을 고를 수 있다는 생각에 내가 들뜬 것처럼 말이다. 이 '약간의 흥분'은 선택을 하는 순간의 희열보다 지속성이 강하다. 내 삶의 결정권을 내가 쥔 것 같은, 기분 좋은 착각에 사로잡히기 때문이다. 이는 내 마음대로 되지 않는 일들이 그만큼 많아서이기도 하다. 입사나 내 집 마련이 과거의 입신양명이나 금의환향 같은 무게로 다가오는 것이다.

점심 메뉴를 정하는 것처럼 깊이 생각하지 않아도 되고 실패했을 때 충격이 크지 않은 일도 있지만, 어떤 선택은 인생을 송두리째 바꾸기도 한다. 대학 진학 시 전공 선택 앞에서 우리는 머리를 싸맨다. 남몰래 좋아하던 이에게 고백하는 문제 앞에서 우리는 자꾸 뒷걸음질을 친다. 입사라는 관문을 통과하고 나면 승진이나 이직 등 새로운 고민이 찾아온다. 연애, 인간관계 등 곧잘 하는 줄 알았던 것에서 뒤통수를 맞기도 하고 어느 순간 결혼, 이사 등 한없이 멀게 느껴졌던 문제의 당사자가 되기도 한다. 연명치료를 할 것이냐 말 것이냐의 선택 앞에서 끼니를 어떻게 해결할지 고민하는 것은 하찮을지도 모른다. 그러나 작은 문제라도 내가 개입할 여지가 있다는 사실은 적잖은 위안이 된다.

비스와바 쉼보르스카의 시 「선택의 가능성」은 이렇게 시작한다. "영화를 더 좋아한다./고양이를 더 좋아한다." 성별, 집안, 국적 등 태어날 때 이미 결정된 것이 있는 반면, 성장하면서 우리가 취사선택할 수 있는 것이 있다. 어떤 것을 좋아하고 어떤 것을 더 좋아하는지 아는 것은 선택의 출발점이 된다. 시의 중반부에는 "예외적인 것들을 더 좋아한다./집을 일찍 나서는 것을 더 좋아한다."라는 구절이 등장한다. 낯선 상황에 스트레스를 받는 사람이 있고 그것을 생활 속 자극으로 받아들이는 사람도 있을 것이다. 매일 똑같은 길로 통근하는 사람과 이따금 경로를 바꾸는 사람이 마주하는 풍경의 가짓수는 다를 것이다.

"무슨 책 읽지?" 오늘도 나는 선택에 골몰한다. 선택할 수 있다는 것은 내가 아직 삶의 중심에 있다는 말이다. 선택으로 기꺼이 지금 상태를 유지할 수도, 흔쾌히 달라질 수도 있다. 읽을 책, 들을 음악, 먹을 음식을 고르는 사소한 의식 안에서 나는 나에게 한 발 더 가까워진다. 소소한 선택 덕에 몸은 묶여 있어도 마음만은 열렬히 법석이는 시간이다. (9월 3일)

쉬는 시간에
무엇을 했었지?

쉬는 날이었다. 종일 아무것도 하지 않겠다고 마음먹었다. 책도 펴지 않고 노트북도 열지 않기로 했다. 정신을 차리고 보니 김치찌개를 끓이고 있었다. 아무것도 하지 않았는데도 배가 고팠던 것이다. 아무것도 하지 않는 데에도 힘이 필요하다. 아무것도 하지 않을 힘이. 김치찌개에 밥 한 그릇을 뚝딱 해치우고 나니 더욱 무기력해졌다. 포만감이 몸을 나른하게 만든 것이다. 곧바로 눕고 싶었지만 미루면 나중에 더 귀찮아질 게 빤해 설거지를 시작했다. 내친김에 싱크대도 깨끗이 닦았다. 아무것도 하지 않기 위해서 밀린 집안일을 한 셈이었다.

본격적으로 쉬기 전, 『문학과사회 하이픈』 2020년 가을호에 실린 데보라 스미스의 「휴한休閑, Fallow」을 읽었다. 그는 『채식주의자』를 번역하여 지난 2016년, 원작자인 한강과 함께 맨부커 인터내셔널상을 수상하기도 했다. "자본주의가 우리에게 휴식을 장려하는 이유는 오직 우리로 하여금 반복적으로 기능하게 하기 위해서이다. 나는 이 세상에서 내 몫을 할 수 있을 정도로 회복하고 싶어 스스로에게 휴식을 허락했다." 고개를 끄덕이면서도, 나는 쉬는 일을 유예하고 있었다.

책을 읽다가 잠이 들었나보다. 현관문을 두드리는 소리에 퍼뜩 잠이 깼다. 등기 우편물을 받아들고 나니 그제야 한숨을 내쉴 수 있었다. 쉬는 일이 숨쉬는 일처럼 삶에 꼭 필요하다는 생각이 들었다. 그런데 쉬는 일이 왜 쉽지 않을까? "떡도 먹어본 사람이 먹는다"라는 속담처럼, 쉬는 것도 쉬어본 사람이 잘하는 것이 아닐까? 주말에 잘 쉬고 나서 다가오는 한 주를 가뿐하고 날렵하게 시작한 적이 언제였는지 좀체 기억나지 않았다.

불현듯 학교 다니던 시절이 떠올랐다. 무의식중에 '쉬는 시간에 무엇을 했었지?'라는 질문을 스스로에게 던지고 있었다. 그때 쉬는 시간은 무척 짧았는데, 눈을 떴다 감으면 종이 울리곤 했었는데, 선생님의 발소리가 들리기 시작하면 잽싸게 자기자리를 찾아갔었는데…… 딱지치기와 공기놀이를 하다 초등학교를 졸업했다. 책상 위에 칠판지우개로 네트를 세우고 탁구를 치거나 좋아하는 연예인 이야기를 하다 중학교를 졸업했다. 책상에 엎드려 잠자다 고등학교를 졸업했다. 쉬는 시간은 그런 시간이었다. 하나같이 어른들이 무의미한 일, 불필요한 일이라고 말하는 것을 하는 시간이었다. 어떻게 쉬어야 하는지 생각할 겨를이 아예 없었다.

클라우디아 해먼드가 쓴 『잘 쉬는 기술』(웅진지식하우스, 2020)을 펼쳤다. '어떻게 쉬어야 할지 모르는 사람들을 위한 최고의 휴식법 10가지'라는 부제가 가슴에 콕 박혔다. 머리말 「제대로 쉬어야 한다」를 읽다가 멈칫하고 말았다. "우리는 더 쉬고 싶고, 더 쉴 수 있고, 아마 생각보다 더 쉬고 있을 수도 있다. 하지만 확실한 것은 '쉬고 있다는 느낌을 받지 못한다'는 것이다." 사람이 최대한 집중할 수 있는 한 시간이 채 되지 않는다고 한다. 수업 시간을 오십 분 안팎으로 정해둔 것도 이 때문일 것이다. 스마트폰의 등장으로 집중 시간은 초 단위로 줄어들었다는 말도 들린다. 쉬는 데 집중하는 것도 마찬가지일 것이다.

쉬고 있다는 것을 의식하는 순간, 쉼이 주는 안도감은 사라지고 만다. 거기에 들어서는 것은 불안감이다. 아무것도 안 해도 괜찮을까 하는 걱정, 아무것도 안 했다는 이유에서 기인하는 자기혐오, 바지런하게 뭔가를 '생산'하고 있는 이들을 떠올릴 때 극대화되는 열등감 등 대부분의 감정이 부정적이다. 아무것도 안 해도 시간은 가고 내일이 찾아온다. 무엇을 하지도 않았으면서 제대로 쉬지도 못했기에 기분이 두 배로 나쁘다.

오늘부터 쉬는 시간을 정하기로 했다. 그 시간에 내가 무엇을 하는지 살피기로 했다. 최고의 휴식법은 아니더라도 최적의 휴식법을 찾으려 한다. 휴식을 허락하는 데까지 오랜 시간이 걸렸다. 무의미하고 불필요한 일을 기다리는 지금, 그 어느 때보다 두근거린다. (10월 8일)

11월에 하는 일

몇 년 전 11월, 한 친구로부터 문자가 왔다. "잘 지내니? 별일 없지?" 일 년에 한두 번 정도 만나는 고등학교 동창의 문자였다. 회사에서 한창 바쁜 시간대라 나중에 답장해야겠다고 생각했다. 결국 생각만 한 셈이 되었다. 야근 후 집에 돌아와 씻고 바로 잠자리에 든 것이다. 다음날 아침, 문자가 왔다는 사실을 까맣게 잊어버리고 말았다. 사나흘이 더 지나고 나서야 친구로부터 온 문자를 재확인했다.

어떻게 문자를 보내야 기분이 상하지 않을까. 전화하기에는 어색하고 늦은 답장을 보내기에는 머뭇거려졌다. 답장을 썼지만 선뜻 전송 버튼을 누르지 못했다. 그러고 보니 전해에는 이 친구를 보지 못했다. 두 차례 기회가 있었는데, 한 번은 내가 모임에 나가지 못했고 연말 모임 때는 출장을 이유로 친구가 나오지 못했었다. 눈에서 멀어지면 마음도 멀어진다는 말처럼, 친구와 나눴던 사소한 말 한마디도 잘 기억나지 않았다. 뒤늦게 형식적인 문자를 보냈다.

친구의 답장은 금세 돌아왔다. "보고 싶어서 연락했지." 문자를 보낼지 말지 고민하고 심지어 귀찮아하기까지 했던 스스로가 부끄러웠다. 보고 싶다는 말을 들으니 친구와의 거리감이 눈 녹듯 사라졌다. 갑자기 나도 친구가 보고 싶었다. 일 년에 한두 번 만날 때조차 우리는 여럿에 둘러싸여 있었다. 단둘이 얘기 나눌 시간도 없었고 그 시간을 일부러 만들 의지도 없었다. 친하다고 말하기에는 머쓱하고 친하지 않다고 얘기하기에는 뭣한 사이가 되었다.

그때 전화기를 들고 통화 버튼을 눌렀어야 했다. 앞에 놓인 일들의 무게 때문에 나는 한발 물러서고 말았다. 나중에 만나면 된다는 안이한 생각에 다소 비겁한 답장을 했다. "언제 한번 보자." 예상했을 테지만, '언제 한번'은 찾아오지 않았다. 해를 넘겨 개최된 동기 모임에서 친구를 만났을 땐 시선을 어디에 둬야 할지 알 수 없었다. "연락한다는 게 그만……" 말줄임표가 상황을 더욱 어색하게 만들까봐 친구가 재빠르게 틈을 파고들었다. "바쁜 거 잘 아는데 뭘. 다들 사는 게 그렇지." 얼굴이 붉게 달아올랐다.

최근에 청소년 시집을 출간했다. 『마음의 일』(창비교육, 2020)이라는 제목의 시집인데, 이 시집을 쓰는 내내 나는 자연스럽게 청소년이 되었다. 지금의 중고등학생에 대해서는 잘 알지 못하므로, 내가 품고 있던 학창 시절의 기억이 시의 씨앗이 되어주었다. 좋은 일도 많았지만, 그것을 지면 위로 옮기려니 불안이나 걱정, 부끄러움 등의 부정적 감정이 나의 발목을 잡았다. 이 시기를 적당히 미화한다면 청소년이 어른으로 제대로 성장할 수 없을 것 같았다.

「언제 한번」이라는 시는 여간해선 오지 않는 시간을 상상하며 쓴 시다. 시는 이렇게 시작된다. "어른이 되면 매일같이 거짓말을 한대//어떤 거짓말?/언제 한번 밥 먹자". 이 시를 쓰고 나는 격조했던 사람들에게 안부를 묻기 시작했다. '언제 한번'을 '지금 당장'으로 바꾸는 힘이 필요했다. 힘이라고 표현했지만, 그것은 상대에게 마음과 시간을 기꺼이 내어주는 여유에 가까웠다. 성큼성큼 걸어가는 사람을 불러 뒤돌아보게 만드는 것. 그리고 그에게 잘 지내냐고 천천히 말 건네는 것. 적극적으로 상상을 현실로 만드는 것.

11월이 오면 그리운 이들의 이름을 헤아린다. 누군가는 지는 계절이라고 부르지만, 달리 보면 무르익는 계절이기도 한 가을에. 헤아림이 조금만 늦어져도 겨울이 성큼 다가올 것이다. 그러다보면 이듬해가 밝고 우리는 말하지 않아도 알 것이다. '언제 한번'이 올해도 찾아오지 않았다는 것을. 한번 얼어붙은 마음은 쉽게 녹지 않으므로, 다음 번 만남은 그리 유쾌하지 않을 것이다.

지난 2일, 희극인 박지선이 세상을 떠났다. 살피고 헤아리지 못했다는 생각 때문에 종일 괴로웠다. 세상에 건강한 웃음을 선사하던 그가 거기서는 부디 많이 웃길 바란다. (11월 5일)

'그 사람의 말'이라서

얼마 전 박희병이 쓴 『엄마의 마지막 말들』(창비, 2020)을 읽었다. 술술 읽혔는데, 이상하게 페이지마다 머무는 시간이 길었다. 일 년여 동안 어머니의 보호자이자 관찰자, 기록자였던 저자가 어머니를 떠나보낸 뒤 당신의 말들을 모아 낸 책이다. 호스피스 병동을 전전하는 일, 어머니를 위해 도토리묵과 손두부를 먹여드리는 일을 읽노라면 삶과 죽음의 존엄성에 대해, 사랑의 방식과 죽음의 방식에 대해 가만히 헤아리게 된다.

책머리의 다음 두 문장에서 오래 머물렀다. "어머니의 한두 마디 말은 대체로 이런 극한 상황에서 이따금 나온 것이었으므로 얼핏 전후 맥락이 없고 의미 없는 말처럼 보이기 일쑤였다. 하지만 나는 시간이 지나면서 어머니의 이 말들이 모두 의미가 없는 말들은 아니며 단지 의미가 해독되지 못하고 있을 뿐이라는 사실을 발견하게 되었다." 실제로 저자는 "공부하다 오나?"라는 심상한 말에서조차 어머니가 자신의 공부에 신경을 쓰고 있음을 깨닫고 당신이 살아 계시는 동안에는 공부를 안 하기로 결심한다. 심신이 고단해서 혹여 자기도 모르게 불평하는 마음이 생길지도 모른다고 판단했기 때문이다. 관계가 말의 의미를 만든 것이다.

박희병은 어머니가 툭 내뱉으신 "골치 아프다"라는 말에서 다양한 의미를 발견한다. 이는 죽지 않고 누워 있음에서 오는 한탄이기도, 자식의 귀한 시간을 뺏는 데서 오는 미안함이기도, 사는 게 힘들다는 의중의 우회적 표현이기도 하다. 그는 이 말을 깊숙이 들여다보고 이렇게 적는다. "생각하고 또 생각한 뒤 내가 깨달은 사실이지만 인간의 상황은, 그리고 삶의 상황은, 다른 말이 필요 없고 '골치 아프다'라는 이 말 하나로 다 설명되는 듯하다."

독서할 때 몰랐던 세계에 발 담그는 것도 매력적이지만, 자신의 경험을 겹쳐 읽을 때면 또하나의 눈이 생긴다. 책을 읽으면서 나는 바지런히 이 년 전을 떠올렸다. 재작년 11월부터 작년 1월까지 아버지께서는 호스피스 병동에 계셨다. 한 주의 절반은 서울에서, 나머지 절반은 호스피스 병동이 위치한 전주에서 보냈다. 아버지는 당시에 이미 식사를 할 수 있는 상황이 아니었다. 씹고 삼키는 법을 아예 잊어버린 사람처럼, 음식물 앞에서 입을 앙다무셨다.

어느 날 따뜻한 물에 적신 수건으로 아버지 다리를 닦아드리는데 "시원해"라는 아버지의 음성이 들렸다. 어린 시절, 대중목욕탕에 갈 때마다 아버지를 비롯한 어른들을 이해할 수 없었다. 뜨거운 물에 몸을 담그고 일제히 "시원하다"라고 말씀하시는데, 어린이에게는 왜라는 물음만 커질 뿐이었다. 갸웃하는 나를 보고 아버지께서는 덧붙이셨다. "너도 크면 알아." 이제는 커서 뜨거움 속에 있는 시원함이 뭔지 알아차릴 수 있게 되었는데, 아버지께서는 병상에 누워 계시는구나. 눈시울이 뜨거워졌다.

상태가 악화되었을 때 아버지께서 가장 많이 하신 말씀은 바로 "아이고, 죽겠다"였다. 당시 아버지께서는 말씀을 거의 하시지 않았는데, 가끔 튀어나오는 말이 죽음을 향해 있어서 몹시 슬펐다. 억지로 웃음을 지으며 이렇게 말했다. "아빠, 아이고, 살겠다고 해야지요." 그때 아버지께서 지으시던 희미한 미소를 잊을 수 없다. 몸부림을 치며 하시던 "집에 가자"라는 말씀에

"하룻밤만 자고요"라고 답했는데, 그 약속을 지키지 못해 죄책감이 든다. 이처럼 사람의 말일 때는 예사로운 것이 '그 사람의 말'이 될 때는 특별해진다.

오늘은 각별한 두 친구로부터 이런 말을 들었다. "사람을 편하게 해주는 데 달인이니까." 비행기를 태워준 기분이 들어 "오늘 내 생일이야?"라고 물었더니 "매일 생일 하자!"라는 답변이 돌아왔다. 생각해보니 살아 있는 한, 매일이 생일이다. 난 날은 다 달라도 우리는 모두 오늘을 산다. 오늘도 기억할 말들이 모다기모다기 쌓여간다. 연말이 되면 그 말들을 가져다 가슴속에 활활 모닥불을 피워야겠다. (12월 3일)

계속
이어가는 거지

버스를 기다리는데 마스크를 비집고 또렷한 음성이 흘러나왔다. "진짜 지긋지긋하다." 소리의 진원지를 찾고자 서로가 고개를 돌리는 상황이 연출되었다. 마스크로 가려져 정확히 표정을 읽을 수는 없었으나 자신은 결코 그 말을 한 장본인이 아니라는 눈빛이었다. 때마침 정류장에 칼바람이 불기 시작했다. 외투의 지퍼를 끝까지 끌어올리고 장갑을 단단히 꼈다. 잠시 후 버스가 한 대 도착했고 몇몇이 탑승했다. 남은 이들은 왠지 조금 더 외로워졌다.

지긋지긋하다는 것은 진저리가 날 정도로 괴롭고 싫다는 것이다. 그것은 순간적인 충동에 의해 발설되는 말이라기보다 묵은 감정이 기어이 터져나오는 것에 더욱 가깝다. 쌓이고 쌓이다가 무릎까지 쌓인 눈처럼, 뭉근하게 끓다가 마침내 흘러넘쳐 버린 물처럼. 마스크를 썼기 때문에 할 수 있었던 말이 아니라, 마스크를 뚫고 나올 수밖에 없을 만큼 절박한 말일지도 모르겠다. 싫음과 괴로움을 다스리는 일이 길어지면 그 누구라도 지칠 수밖에 없다.

버스에 오르니 안경에 김이 서렸다. 겨울이면 으레 경험하는, 안경을 쓴 이들에게는 익숙한 상황이다. 반면, 코로나19와 함께 사계절을 보내고 있지만 어색함은 여전하다. 익숙하다고 말하는 순간, 이 시기가 기약 없이 길어질지도 모른다는 불안감이 든다. '팬데믹pandemic'은 세계적으로 감염병이 대유행하는 상태를 가리키는 용어다. 생활 전반에서는 유행의 주기가 점점 짧아지지만, 감염병 영역에서만큼은 아닌 모양이다. 유행이 지난 옷이나 유행에 맞지 않는 말처럼, 코로나19가 멀어질 날을 그려보았다. 이 또한 어색하긴 매한가지였다.

온종일 집에 있게 된 아이들은 요즘 입버릇처럼 "지겨워"를 말한다고 한다. 비대면 수업에 지친 아이들에게 어른들은 집에 있어서 얼마나 편하냐고, 어서 공부하라고만 한다. 아이들이 가장 바라는 것은 학교에 가는 것, 학교에 가서 친구들을 만나는 것이다. 학교가 공부만 하는 곳이 아님을 우리는 누구보다 잘 안다. 학교에 다녀온 날이면 기분이 날아갈 듯 좋다는 아이들에게, 어쩌면 어른들의 변하지 않는 태도가 가장 지겨울지도 모르겠다.

"코로나19 때문에"라는 말이 지겨워졌다는 얘기도 들린다. 평상시와는 다른 상황이 길어지면서 참을성이 바닥난 것이다. 지긋지긋함과 지겨움을 토로하면서 하루가 간다. 집에 돌아오는 길, 세탁소에 맡긴 옷을 찾으러 갔다가 어르신이 은퇴 이야기를 하시는 것을 들었다. "오래 했어, 정말." 오십여 년간 옷을 빨고 다리고 늘이고 줄이고 보풀을 제거하는 일을 해왔다는 말씀을 듣고 절로 경건해졌다. 그분 앞에서 감히 지긋지긋함이나 지겨움 같은 단어를 꺼낼 엄두조차 나지 않았다.

엘리자베스 스트라우트가 쓴 장편소설 『다시, 올리브』(문학동네, 2020)에는 노년기에 접어든 올리브가 등장한다. 사춘기가 혼란스럽듯 노년기 또한 여러모로 힘들다. 신체적으로 쇠약해지는 것은 물론, 죽음 또한 더이상 추상적인 것이 아닌 눈앞에 다가온 듯 생생해진다. 정신적으로 평온한 시기라고 여겨지지만, 하루에도 몇 번씩 크고 작은 파도를 넘어야 한다. 타인과의 교류를 통해 올리브는 깨닫는다. 남을, 무엇보다 스스로를 이해하는 일에는 고통이 따른다는 것, 그러나 그로 인해 생의 마지막 순간까지도 성장할 수 있다는 것이다.

"하지만 절대 다시 시작하는 게 아니야, 신디. 계속 이어가는 거지." 책의 중반부에 등장하는 올리브의 저 말이 내게는 무척이나 희망적이었다. 삶은 기쁨뿐 아니라 슬픔과 불안도 끌어안아야 비로소 계속될 수 있는 것이므로. 이듬해에 대한 희망을 품기 위해서는 올해를 응시하지 않으면 안 되므로. 아무 일도 없었던 것처럼 개운하게 내일을 맞이할 수는 없다. 중요한 뭔가가 중단되었음에도 우리가 삶을 계속 이어가고 있었음을 떠올려야 한다.

올해의 마지막 날도 새해의 첫날로 묵묵하게 이어질 것이다. (12월 31일)

2021

소박하지만
커다란 꿈

"건강해야 한다. 몸도 마음도." 친구와 통화를 끊기 전, 저 말을 건넸다. 그는 지병으로 고생하다가 작년 말에 드디어 완치 판정을 받았다. 무엇을 제일 하고 싶으냐고 묻자, 전국에 있는 공원들에 가고 싶다고 한다. "일단 집 근처에 있는 공원부터 가야지. 집과 병원만 오가다보니 오래 살았는데도 이 동네가 좀 낯설어." 하고 싶은 일이 의외로 소박한 것이어서 놀랐다. 전국에는 무수히 많은 공원이 있을 테니, 소박하지만 커다란 꿈이다. 몸과 마음이 둘 다 건강하지 않으면 달성할 수 없는 계획이기도 하다.

공원을 다니면서 틈틈이 전국에 있는 산에 오르겠다는 포부도 밝혔다. "그거 알아? 우리나라에 산이 사천 개가 넘게 있대.

하루에 하나씩 오른다고 해도 십 년 넘게 걸리는 셈이지." 친구는 장기 계획을 세우고 있었다. 눈앞에 닥친 일들을 해결하기 바쁘고 코앞에 다가온 일정에 전전긍긍하는 나와는 사뭇 대조적이었다. 따로 계획이 있느냐는 친구의 물음에 나는 이렇게 답했다. "밥부터 먹고 생각할게. 쌀을 불려두었거든."

밥을 먹으면서 친구의 그것처럼 거창하지는 않아도 목표를 정해야겠다고 마음먹었다. 목표라고 하면 무거우니 계획이라는 말이 적당할 듯싶었다. '신중해지기'를 첫 줄에 적었다. 하루 아침에 달성할 수는 없겠지만, 언젠가는 당도하고 싶은 상태이기도 했다. 신중함은 조심스러움과 맞닿아 있다. 생각에 생각을 거듭한 뒤에야 자신의 말을 건네는 우직함이다. 남에게 상처를 주는 행동을 삼가려는 미덕도 가지고 있다. 신중함의 반대말은 경솔함일 텐데, 이는 말을 많이 쏟아내곤 하는 내가 종종 실수를 저지르는 이유이기도 하다.

직관을 통해 판단하곤 하는 나 같은 사람에게 신중해지는 일은 쉽지 않다. 직관은 대상을 직접적으로 파악하는 것인데, 이는 보통 순간적으로 이루어진다. 직관이 통찰로 연결되면 좋지만, 섣부른 판단으로 손해를 입을 때도 있다. 직관이 발달한 사람들은 한눈에 꿰뚫어보는 데서 쾌감을 얻지만, 어쩌면 이는 심중에 기반을 둔 오해일지도 모른다. 직관이 논증으로 연결되지 않을 때, 가설만 무수한 실험실에 갇혀 있는 기분이 든다. 직관은 때때로 눈치로 드러나기도 하는데, 재치를 발휘하려다 선을 넘거나 허방을 짚는 일도 생긴다.

개인의 성정 이외에도 신중함을 방해하는 요소는 또 있다. 각종 뉴스가 SNS를 통해 삽시간에 퍼지는 요즘에는 신중해지는 일이 점점 요원해진다. 사건이 벌어지면 사람들은 앞다투어 거기에 대한 논평을 낸다. 지금 아니면 실효성을 잃는다는 듯이, 남보다 먼저 이 주제를 선점해야 한다는 듯이. 간혹 해당 사안에 대하여 어떤 견해를 가졌는지 의견 표명을 하라는 요구를 받기도 한다. 순간적인 판단으로 분노를 표출하는 일은 어떤 면에서는 간편하다. 이를 통해 자신의 입지를 다지는 이도, 시민사회의 일원임을 느끼는 이도 있을 것이다. 그러나 공감은 천천히 이루어지는 작용임을 기억해야 할 것이다.

이승우의 단편 「신중한 사람」을 읽다가 다음 문장에 밑줄을 그었다. "부자연스러운 것을 꺼리는 사람은 그렇지 않은 사람보다 부자연스러운 상황을 더 잘 받아들이는데, 그것은 부자연스러운 상황을 거부하는 자신의 태도가 혹시 만들어낼지도 모를 더 부자연스러운 상황을 끔찍해하기 때문이다." 경솔함은 일을 그르치기도 하지만, 그것을 추진하는 동력이 되기도 한다. 신중함은 실수할 확률을 줄여주지만, 지나친 신중함은 일을 시작하는 데 걸림돌이 되기도 한다. 양날의 칼을 쥐고 있는 것과 같으므로, 가운데에서 균형을 잘 잡는 것이 중요하다.

글 쓰는 시간은 경솔함을 만회하는 시간이다. 응어리진 것들을 충분히 놔두는 시간이기도 하다. 신중해지기 위해 필요한 것은 무른 것을 모른 척하는 태도가 아니다. 오히려 무른 것이 물러 터질 때까지 기다려주는 태도다. 신중해지기, 소박하지만 커다란 꿈이 생겼다. (1월 28일)

슬픔과 함께
잘 살기

며칠 전, 메리 루플의 산문집 『나의 사유 재산』(카라칼, 2021)을 읽었다. 노년에 접어든 여성이 쓴 마흔한 편의 글을 모은 책이다. 첫 글 「작은 골프 연필」을 읽다가 예감했다. 이 책은 슬픔을 향해 쓰였구나, 슬픔을 위해 쓰였구나. 인간이라면 불가피하다못해 친숙한 감정, 떨쳐내려고 몸부림쳐도 어떻게든 들고 일어나는 감정이 바로 슬픔이다. 향한다는 것은 마주한다는 것이다. 그리고 이때 마주하는 대상은 다름 아닌 나 자신이다. 단순히 매일 아침 씻고 나서 습관적으로 거울을 마주하는 일이 아니다. 주름진 이마를, 하얗게 세기 시작한 머리를, 몸 안팎에서 일어나는 보이지 않는 통증과 상실을 직면하는 일이다.

글 속에서 작가는 경찰들에게 이렇게 말한다. "처음에 우리는 세계를 이해하지만 자기 자신은 이해하지 못한다고. 그러다 우리가 마침내 자기 자신을 이해하게 될 때면 더이상 세계를 이해하지 못한다고." 이 말에 경찰들은 만족한 듯 보였지만, 그것은 그들이 젊기 때문이다. 어쩌면 그들은 세계를 이해하려고 부단히 애쓰는 중인지도 모른다. 세계 속에서 자신이 어떤 존재인지 그려보는 일은 '쓰임'에 의해 지대한 영향을 받는다. 경찰들은 국민을 위해 공공질서와 안녕을 보장하는 일로써 존재 이유를 찾은 셈이다.

나이듦은 (생계를 위해서든, 사명감에 불타올라서든) 어떤 일에 열정적으로 종사하던 이에게 절대적 시간을 선사한다. 세계를 이해하는 데 지난 시절을 다 바친 사람이 그제야 자기 자신을 들여다보기 시작한다. 얄궂게도 잉여의 시간은 성취에 대한 만족감보다 과거에 하지 못한 일에서 비롯한 회한이나 미련을 더 자주 소환한다. 자신이 원래 바랐던 모습과 실제로 통과한 세월 사이의 괴리는 스스로에 대한 의심을 낳기도 한다. 세계를 이해하느라 자기 자신을 외면했던 시간이 뼈아프다. 나와 가까워지는 동안에도 세계는 숨가쁘게 변화하는데, 그사이 나이들어버린 나는 그 속도를 따라잡지 못한다. 이해의 불일치다.

이때 나를 덮치듯 찾아오는 감정이 슬픔이다. 이 괴로움은

혈기 왕성하던 시절 찾아오던 패배감과는 사뭇 다른 성질의 것이다. 순간의 실수는 아찔함을 동반하지만, 한참 동안 쉬지 않고 내달린 다음 뒤돌아볼 때는 막막함이 엄습한다. 돌이킬 수 없다는 사실은 그 자체로 이미 슬픔을 내장하고 있다. 젊음은 자기 자신뿐 아니라 세계도 이해하고 있다고 철석같이 믿게 만들었지만, 우리는 그저 커다란 세계 뒤에 숨었을 뿐이다. 나이를 먹으며 대의에 가려졌던 자디잔 감정들이 슬픔으로 뭉친다. 내가 온전히 나이지 못했던 순간들이 고개를 내밀기 시작한다. 이제 슬픔은 떠안는 감정이 아니라 같이 사는 감정이 된다.

다음날 읽은 김기창의 소설 『기후변화 시대의 사랑』(민음사, 2021)에서 실마리를 찾았다. "현미경 들여다보듯 차이를 말하는 사람들은 무시하라고. 대신 다른 이들의 감정을 보는 사람들과 어울리라고. 기쁘고, 슬프고, 웃기고, 아픈 것을 말하는 사람들과 함께하라고." 자신의 감정을 아는 이가 남의 감정도 잘 헤아릴 수 있을 것이다. 젊을 때는 으레 현미경으로 세계를 들여다보려고 노력한다. 세계를 이해하는 일 앞에서 기쁨과 슬픔과 웃김과 아픔을 그러모아 나를 완성하는 일은 나중으로 밀리기만 했었다. 실타래를 풀기 위해 실마리를 찾는 것이 세계를 이해하는 일이라면, 반대로 실타래를 짓기 위해 실마리를 발견하는 것은 자기 자신을 이해하는 일이다.

현미경으로 나를 들여다보아야 한다. 내 감정을 뾰족하게 알지 않으면 역설적으로 그것은 점점 뾰족해지기 때문이다. 뾰족해진 감정은 느닷없이 주머니를 뚫고 나와 상대를 찌를지도 모른다. 말하지 않아서 해소될 기회조차 갖지 못했던 억눌린 감정이 향하는 곳은 결국 나 자신이다. 어쩌면 나를 이해하는 일은 슬픔과 함께 잘 살기 위한 실마리일지 모른다. (4월 22일)

선택의 갈림길

비가 억수같이 쏟아지는 날이었다. 이 비가 그치면 뭐라도 달라질 것 같았다. 하다못해 계절이라도. 주말에 이불 빨래를 하려고 벼르던 참이었는데, 별수 없이 다음주로 미뤄야 할 것 같았다. 깨끗하게 포기했으면 생각이 멈춰야 하는데, 얄궂게도 얼마 전 동네에 문을 연 코인 빨래방이 떠오르고 말았다. 빨래방이 문을 연 날, 운동화 세탁을 하려고 호기롭게 카드를 충전했었다. 운동화 세탁 및 건조는 현금으로만 가능하다고 해서 별수 없이 카드는 지갑 속에 고이 넣어두었었다.

지갑을 열어보지 않았어야 했다. 다음주까지 카드가 있는지 확인하지 말았어야 했다. 무심코 들여다본 지갑 속에는 카드가 없었다. 선택의 갈림길이 연이어 나타났다. 이불 빨래를 하느냐 마느냐, 코인 빨래방에 가느냐 마느냐, 충전 카드를 찾느냐 마느냐…… 책상 위 잡동사니 더미에도, 수첩이나 메모지를 넣어두는 서랍 속에도 카드는 없었다. 빗줄기가 더욱 거세졌다. 카드를 찾을 수 없을 거라고 나를 놀리는 듯했다. 거기서 그만두었어야 했다.

두 시간여의 난리법석 끝에 명함을 보관하는 상자 속에서 충전 카드를 발견했다. 정작 카드에 얼마를 충전했는지는 기억나지 않지만, 카드를 찾은 이상 빨래방에 가야 했다. 우산을 쓴채 이불 두 채를 안고 낑낑거리며 빨래방에 들어섰다. 20kg 대형 세탁기 두 대와 28kg 초대형 세탁기 두 대가 모두 돌아가고 있었다. 눈앞이 아찔했다. 비는 그칠 기미가 보이지 않았다. 남은 세탁 시간이 15분인 세탁기가 보였다. 조금 기다렸다가 저세탁기로 이불 빨래를 하면 되겠다고 생각했지만, 세탁이 끝났는데도 세탁물 주인은 나타나지 않았다. 타인의 세탁물을 빼서 선반 위에 올려놓을 용기 또한 없었다.

시간이 길어질 것 같아 집에 가서 노트북을 가지고 나왔다. 그사이 주인이 빨래를 찾아간 모양이다. 쾌재를 부르며 이불 두 채를 넣고 동작 버튼을 눌렀다. 세탁 후 카드의 잔액은 사천원이었다. 세탁기는 규칙적인 속도로 돌아가고 생활 소음은 집중하는 데 은근한 도움을 주었다. 그사이 일주일 치 빨래를 가지고 온 사람, 묵은 여름옷을 손수레에 챙겨온 사람, 운동화 여섯 켤레를 건조한 뒤 가져가는 사람을 보았다. 나처럼 충동적으로 방문한 사람은 없었다. 그들에게는 휴일의 빨래가 루틴이었다.

세탁을 마치고 축축한 이불을 꺼내 대형 건조기에 넣었다. 4분에 오백 원이니 32분을 건조할 수 있을 것이다. 때마침 부녀가 문을 열고 들어오는 모습이 보였다. 아빠는 능숙하게 코인 세탁기를 작동시켰다. 아이도 익숙한 듯 창가 자리에 앉아 스케치북과 크레파스를 꺼냈다. "아까 보았던 비 맞은 장미를 그릴 거야." 아이는 18색 크레파스를 꺼내 한참 동안 내려다보았다. "빨간색 안 써?" 아빠가 눈을 크게 뜨며 물었다. "장미는 빨갛기만 한 게 아니잖아." 야무지게 대답한 아이는 빨간색과 갈색, 그리고 보라색 크레파스를 꺼내 들었다.

선택 앞에서 스트레스를 받던 내 모습이 떠올라 부끄러웠다. 언젠가부터 나는 선택하지 않은 쪽에 미련을 두었다. 내가 고르지 않은 떡이 남의 떡이 되는 상황에서, 남의 떡이 번번이 더 커 보였던 것이다. 18색 크레파스만 가지고도 색을 배합하는 데 거리낌 없는 아이를 보니 선택의 가짓수보다 선택의 여지가 훨씬 더 중요하다는 생각이 들었다. 선택에 앞서 자주 망설이고 종종 좌절하는 어른보다 선택에 기꺼이 골몰하는 아이가 만족감이 클 것임은 자명하다.

잠시 후, 건조가 종료되었다는 신호가 울린다. 이불을 만져보니 아직 완벽하게 건조되지 않았다. 4분만 더 건조하면 뽀송뽀송하게 마를 것 같다. 충전을 하느냐 마느냐, 또다시 선택의 갈림길에 섰다. 지갑을 열어보니 현금이 하나도 없다. 집에 다녀오느냐 마느냐, 비 오는 소리에 맞춰 갈림길이 잎맥처럼 사방팔방으로 뻗어나간다. (5월 20일)

마음에
저울이 있다면

프리랜서 생활을 하면서부터 선택해야 하는 상황이 부쩍 늘었다. 시간이 되는지부터 시작해서 내가 할 수 있는 것과 상대가 원하는 것은 무엇인지, 글을 쓰거나 강연하거나 사회를 보는 데 내 에너지가 얼마나 투여될지, 그 일을 수행함으로써 주어지는 물질적 보상은 적정한지, 내가 얻게 될 비물질적 요소는 무엇일지, 최종적으로 그 일을 할지 말지까지 순차적으로 따져야 할 것이 너무나도 많았다. 예전에는 그저 불러주시는 게 고마워서 자세한 사항을 듣지도 않고 흔쾌히 수락하곤 했었다. 몸이 이상 신호를 보내온 것은 재작년 여름이었다. 강연을 하나 마치고 행사 사회를 보기 위해 버스에 몸을 실었는데 몸이 휘청하는 게 느껴졌다. 앉아서 쉬면 좀 괜찮아지겠지 싶었는데 버스는 만원이었다.

　원래는 버스에서 스마트폰으로 다음날까지 보내야 할 원고의 얼개를 짜려고 했었다. 돌이켜보니 노트에 하던 일을 데스크톱으로, 데스크톱으로 하던 일을 노트북으로, 노트북으로 하던 일을 스마트폰으로 하고 있었다. 모바일 기기의 '모바일 mobile'은 "이동하는, 움직임이 자유로운"이란 뜻이다. 움직임이 자유로운 것을 들고 나는 이동하는 셈이다. 이동하면서도 끊임없이 무언가를 하지 않으면 안 된다고 생각하는 것이다. 프리랜서인데 전혀 자유롭지 못한 생활을 하고 있는 게 나였다. 몸은 이동하는데 마음은 제자리에서 굳고 있는 것 같았다.

　이동중에 지역 공무원들을 위한 강연 요청 전화를 받았다. "죄송하지만 못하겠습니다." 상대의 음성을 한참 듣고 나서야 기어드는 목소리로 말했다. 기민하게 응답하지 못한 첫날이었다. 흔쾌히 수락하지 못한 첫날이었다. 몸이 힘들고 마음의 용적이 좁아질 대로 좁아져 있던 날이었다. 다리의 힘이 풀려서 바닥에 그대로 주저앉고 싶었다. 때마침 빈자리가 생겨 그곳에 내던지듯 몸을 누였다. 온몸이 천근만근이었다. 스마트폰 알람을 꺼두고 창밖으로 흘러가는 풍경을 눈에 담았다. 지하철보다 버스를 선호하는 것이 바로 이것 때문이라는 사실이 문득 떠올랐다. 그제야 몸과 마음이 함께 이동하기 시작했다.

　그날 이후, 조금씩 거절하는 법을 익히고 있다. 전화로 요청이 올 때면 스마트폰으로 달력을 열고 일정을 확인한 뒤, "그날은 괜찮습니다"나 "이미 다른 일정이 있어 할 수 없을 듯합니다"라고 대답한다. '할 수 없을 듯하다'나 '하지 못할 것 같다'처럼 여지를 남겨두는 표현이 좋지 않다는 걸 알고 있다. 칼같이 거절하고 날렵하게 고사하는 법이 아직까지도 도통 몸에 붙지 않아서다. 보통은 메일로 관련 사항을 보내달라고 부탁드린다. 그 일을 할지 말지 결정하기 위해 시간을 버는 셈이다. 직관적으로, 다분히 즉흥적으로 결단을 내리는 게 익숙한 내게 신중하게 고민할 수 있는 기회이기도 하다.

　오랜만에 중학교 때 친구를 만났다. 그는 어린 나이에도 "일장일단이 있지"라는 말을 입버릇처럼 쓰곤 했었다. 확률을 계산하고 이것과 저것을 비교하는 데 능한 친구가 금융회사에 입사했다는 말을 듣고 고개를 연신 끄덕였었다. 내 고민을 털어놓으니 곧장 저울을 하나 마련하라고 한다. 일의 경중을 재는 저울이 아닌, 그 일을 해내기 위해 써야 할 마음을 재는 저울말이다. 이때 중요한 것은 목표를 달성하지 못했을 때 다가올 무력감이나 열패감까지도 계산에 넣는 것이다. "새로운 것에

도전하지 못하게 되지는 않을까?" "도전에 대한 설렘보다 두려움이 클 때는 자칫 무모해질 수 있거든." 친구는 숫자처럼 명쾌했다.

돌아오는 길에 전화를 받았다. "○○중학교입니다. 강연 때문에 연락드렸습니다. 아이들이 책을 읽고 준비한 게 많아요. 약소한 금액이지만……" "네, 가겠습니다." 전화를 끊고 나니 헛웃음이 나왔다. 사람은 여간해선 변하지 않는다. 내 마음에 저울이 있다면 이미 한쪽으로 기울어져 있는 상태일 것이다. 일장일단이 있기를 바라는 수밖에. (6월 17일)

뭐라도
하루에 하나

SNS에 매일 책 읽는 계정을 만든 지 반년이 지났다. 정확히 말하면 읽은 책에서 인상적인 구절을 골라 올리는 계정이다. 프로필에는 이렇게 적어두었다. "하루에 한 권, 책 읽는 계정입니다. 함께 나누고픈 구절을 올립니다." 사진을 함께 올려야 되는 채널이라 매일같이 책 표지 사진도 찍는다. 물론 대부분 집에서 찍은 사진이다. 예전만큼 사적인 외출이 잦지도 않을뿐더러 책을 읽기 위해 카페나 공원을 찾는 일도 현저히 줄어들었기 때문이다.

간혹 이동할 때면 책을 두세 권씩 들고 나간다. 다 읽지 못할 것을 잘 알면서도 욕심을 덜지 못한다. 예전엔 버스나 지하철의 백색소음과 크고 작은 흔들림이 집중에 도움이 됐다면, 마스크 때문인지 이제는 여간 답답한 것이 아니다. 마스크를 낀 채 책을 읽을 때면 내용을 온전히 흡수하지 못하는 것 같다. 가린 것은 입인데 이상하게 활자들이 눈에 잘 들어오지 않는다. 물리적인 방어막이 심리적인 장벽으로 작용하는 듯도 하다. 지난 반년간 이 불편함을 무릅쓰고 읽어왔던 셈이다.

원래의 계획은 반년이었는데 어느덧 7월의 한복판이다. 기왕 이렇게 된 김에 일 년 동안 하루에 한 권 책을 읽기로 결심했다. 두렵지만 기꺼운 마음이다. 피가 되거나 살이 되거나 뼈가 되지는 않더라도, 무언가를 지속한다는 것은 삶을 지탱하는 데 큰 도움을 준다. 그것이 하늘 사진을 찍거나 동네를 한 바퀴 뛰는 심상한 일일지라도 말이다. 사사로운 일이라도 매일 하게 되면 차원이 달라진다. 어떤 일을 꾸준히 한다는 것은 그 일이 자신의 삶에 적극적으로 개입한다는 의미이기 때문이다. 그 일이 삶을 어떤 식으로든 물들인다는 의미이기 때문이다. 직업은 나를 드러내지만, 하루도 거르지 않고 자발적으로 하는 일은 나를 나답게 만들어준다.

내 계정을 본 사람들이 자주 하는 질문은 크게 두 가지다. "진짜 매일 읽어요?"와 "어떻게 매일 읽어요?"다. "진짜 매일 읽어요"와 "어떻게든 매일 읽어야겠다고 생각해요"라고 나는 답한다. 어떤 날에는 책을 끝까지 다 못 읽기도 하고 필요에 따라 특정 부분만 찾아 읽기도 한다. 글을 쓰기 위해 예전에 읽었던 책을 다시 읽을 때도 있다. 수불석권手不釋卷의 경지는 요원하지만, 개권유익開卷有益, 즉 책을 펼치는 것만으로도 이익이 있음을 아는 수준에는 도달하게 되었다.

지난 육 개월이 책을 가까이할 수 있을 만큼 한가로웠던 것만도 아니다. 여가를 활용하기 위해 독서를 한 게 아니었다는 말이다. 책을 읽고 기록을 남기는 것은 도서 팟캐스트를 진행하고 북토크나 작가와의 만남 같은 이런저런 행사에 참여하는 것과는 또다른 차원의 일이었다. 이는 매일 책을 펼치고 그 안으로 성큼성큼 들어가야 하는 일이었다. 눈코 뜰 새 없이 바쁠 때조차 밥은 걸러도 화장실에는 가야 하지 않은가. 내게는 화장실에 꼭 들고 가는 것이 책이었던 셈이다. (화장실에서까지 책을 읽었다는 말은 아니다.)

나는 늘 "시간 없다"를 입에 달고 사는 사람이었다. 책과 함께 반년을 살면서 적어도 책 읽을 시간마저 없지는 않았다는 걸 깨달았다. 간절히 원하면 어떻게든 짬을 내게 되고 그 짬을 활용해 계획한 일을 하게 된다. 책을 읽다 함께 나누면 좋을 구절을 발견하면 뛸 듯이 기뻤다. '추천'이라는 말을 군이 하지 않아도 누군가 내가 올린 구절을 보고 책을 구입하는 상상을 하면 그렇게 좋을 수가 없었다. 누가 시켜서 읽은 것이 아니라 그저 내가 하고 싶어서 했기에 더욱 값진 시간이었다.

일하고 먹고 자는 일 등 생활과 생존을 위해 하는 일 말고 매일 하는 일을 하나 늘리는 것은 웬만해서 하기 힘들다. 심신은 그간 구성된 패턴에 길들어 있기 때문이다. 하지만 뭐라도 하루에 하나 하겠다는 마음이 행동으로 연결될 때, 일상은 새로운 무늬를 얻는다. (7월 15일)

관중은 없었으나
사람이 있었다

김희준이 쓴 『행성표류기』(난다, 2021)의 마지막 문장은 이렇다. "마무리는 분명히 있어, 엄마." 김희준은 1994년에 태어나 2017년에 데뷔하고 2020년 불의의 사고로 영면한 시인이다. 그해 그의 생일에 맞춰 첫 시집이자 유고 시집인 『언니의 나라에선 누구도 시들지 않기 때문,』이 나왔다. 지구라는 행성에서의 표류를 마치고 언니의 나라에서 자유롭게 뛰어다니는 생면부지의 시인을 생각한다. 마무리는 분명히 있다고 말할 때, 그의 눈은 분명 반짝였을 것이다. 표류할 때 원래 가고자 했던 방향과 목적이 선명해지기도 하니 말이다.

지난 8일, 제32회 도쿄올림픽이 막을 내렸다. 개최 여부를 두고 잡음이 끊이질 않았으나 우여곡절 끝에 막을 올린 올림픽이었다. 지구라는 행성이 이토록 크다는 사실을, 재능 있는 이들이 이렇게나 많다는 사실을 올림픽은 상기시켜주었다. 메달을 따는 것만큼이나, 아니 그 이상으로 최선을 다하고 상대를 배려하는 게 중요함을 깨닫게 해주었음은 물론이다. 선수마다 목표는 달랐지만, 올림픽 현장에서 그들은 각자의 이유로 빛났다. 기량을 마음껏 발휘한 선수도, 평소보다 부진했던 선수도 있었다. 사람이기에 그랬을 것이다.

다시 『행성표류기』로 돌아가자. 사회는 우리에게 늘 목표를 가져야 한다고 이야기한다. 부모님이나 선생님의 입을 빌려, 책의 문장과 영화의 대사와 음악의 가사를 통해, 누군가의 성과와 곧잘 비교하기도 하며. 그런데 표류에 목적이 있을까? 표류는 어쩌면 목적을 찾기 위한 방황일지도 모른다. 김희준이 마무리는 분명히 있다고 말할 때, 이때의 마무리는 비단 금의환향이나 입신양명만을 지칭하는 것은 아닐 것이다. 이는 당사자의 입을 통해서만 전달될 수 있는 것이기도 하다.

김연경과 박인비 선수가 유독 기억에 남는다. 세르비아와의 3·4위 결정전에서 패한 후, 김연경은 선수들을 한 명씩 다 포옹해주고 나서야 허공을 응시하며 눈물을 흘렸다. 코트 위에서 온 힘을 다한 뒤에 흘리는 눈물이었다. 인터뷰에서 그는 "모든 것을 쏟았다. 후회는 없다"며 "준비를 많이 한 올림픽이었다. 이렇게까지 준비하면 어떤 결과가 나와도 후회 없겠다는 생각이 들 정도였다"고 덧붙였다. 올림픽 2연패를 목표로 삼았던 박인비는 "오 년 정도 준비하는 과정에서 힘든 일도 있었지만 과정이 아쉽지는 않은데 결과는 좀 아쉽다"라고 말했다. 다음 올림픽에 관한 질문에 두 선수 모두 고개를 저었다. 마무리를 분명히 아는 표정이었다.

언론의 보도는 아쉬웠다. '동메달 획득 실패'나 '노메달 충격' 등을 머리기사로 내건 순간, 선수가 해온 노력이나 경기 내용은 사라지고 만다. 삼십칠 년 만의 최저 메달 수임을 강조하며 '최악의 성적'을 내세운 언론도 있었다. 4등을 해서 포디움에 오르지는 못했으나 누구보다 환히 웃던 높이뛰기 우상혁 선수의 모습과 대조되는 부분이다. 동메달을 딴 후배 전웅태를 껴안아준 근대5종 정진화 선수는 또 어떤가. 얼굴이 내내 상기된 채였지만, 그 표정에는 아쉬움만 있는 것이 아니었다. 거기에는 최선을 다했을 때만 찾아오는 벅참이 있었다.

리디아 고 선수의 표정을 기억한다. 은메달 결정 연장전, 상대 선수가 퍼팅을 할 때 그는 누구보다 간절히 그것이 들어가기를 바랐다. 여기서 나는 올림픽의 가치를 보았다. 함께 잘하고 싶은 마음. 이기고 싸우고 무찌르는 것이 아니라 똑같이 열심히 준비했음을 잘 알기에 절로 상대방도 응원하게 되는 마음. 터키와의 8강 경기에서 김연경이 "해보자, 해보자, 해보자" 말하며 동료들을 다독이던 마음. 도쿄에는 이런 마음들이 있었다. 경기장에 관중은 없었으나 사람을 살피고 헤아리는 사람이 있었다.

오는 24일부터는 같은 경기장에서 패럴림픽이 열린다. 관중은 없어도 여전히 사람이 있을 것이다. 본인이 준비한 것을 쏟아낸 뒤, 마무리는 있다고 분명히 말하는 사람들이. (8월 12일)

잃었지만
잊을 수는 없는

"안색이 왜 그래요?" 상대는 분명 나를 염려해서 한 말일 텐데, 당황해서 말을 잇지 못했다. 화장실 거울 앞에서 마주한 나는 평소와 별반 차이가 없었다. 피로해 보여서일까. 방금 전의 내 모습을 알 수 없기에 속이 복잡했다. "뭔가를 잃어버린 표정 같아요." 다시 돌아간 자리에서 그가 말을 이었다. 삼 년 만에 만나는 자리였다. 나는 입을 다물고 말았다. 그사이 내게 일들이 있었다. 소중한 이들을 잃었고 나는 그 사실을 한시도 잊은 적이 없었다.

집에 돌아오는 길, 뭔가에 홀린 듯 인테리어 소품 가게에 들어가 모래시계를 구입했다. 진열장에 있는 모래시계가 나를 자꾸 쳐다보는 것 같았다. 안색을 살피며 "괜찮아?" 속삭이는 것 같았다. "뭔가를 잃어버린 표정"이라는 말을 들었을 때 즉각적으로 요동했던 내 마음이 떠올랐다. 그가 나를 간파해서가 아니다. 아마도 감정이 드러났다는 게 불편해서였을 것이다. 마스크를 껴도, 웃음을 가장해도 결코 숨길 수 없는 것이 있었다.

누군가를 만나는 일은 감정을 쓰는 일과도 같다. 상대가 새로운 이라면 감정의 밀도는 높아지고, 한 명이 아니고 여러 명이라면 감정의 부피는 걷잡을 수 없이 커진다. 프리랜서인 나는 매일의 일정이 다르고 자리에 따라 역할도 변화한다. 시에 대해 말하는 자리라고 해도 누구에게 어떻게 전달하느냐에 따라 이야기의 초점이 달라진다. 청중의 반응을 살피지 않을 수도 없다. 스스로를 향해 잘하고 있다는 응원을 보내는 것도 잊지 말아야 한다. 상대가 있을 때 감정은 언제든 생성되고 증폭될 수 있다. 상대 때문에 감정을 상대해야 하는 일도 생긴다.

얼마 전 콜센터 상담원이 쓴 『믿을 수 없게 시끄럽고 참을 수 없게 억지스러운』(코난북스, 2021)을 읽었다. 감정 노동의 현장에서 벌어지는 일들을 들여다보는 것은 고통스러웠다. 그들은 상대의 감정을 받아내느라 자신의 감정을 제대로 돌보지 못하고 있었다. "상담사들은 회사에서 시키는 대로, 스크립트대로, 언제나 고객을 중심으로 대화하는 법을 익힌다. 그래서 갈수록 자신을 주어로 삼은 문장을 만드는 걸 힘들어하게 된다. 나는 무엇을 원한다, 나는 이렇게 생각한다, 나는 어떤 기분이다, 이렇게 말하는 것이 갈수록 힘들어진다." 자기 잘못이 아닌데도 "죄송합니다"를 연신 입에 올려야 하는 사람을 떠올리니 아뜩했다.

"그렇게 말하면 안 피곤해요?" 다음날, 강연을 마치고 일어나는데 담당자가 웃으면서 이야기했다. 아마도 헤아리는 말이었을 것이다. 그렇게까지 열정적으로 말하면 힘들지 않냐는 말이었을 것이다. 내겐 아리는 말로 들렸지만 말이다. 맥이 탁 풀린 채로 또다시 '잃어버린 표정'을 짓고 말았던 모양이다. "괜찮으세요?" 상대가 다급하게 물었다. 손사래를 치며 황급히 자리를 뜨는데 얼굴이 화끈거렸다. 무대 위에 올라가는 일은 가면을 쓰는 일이다. 가면 사이로 진짜 표정이 드러나는 순간, 감정은 뒤죽박죽이 되어버린다.

문득 감정을 감정減定할 수 있으면 얼마나 좋을까 생각했다. 감정의 양이나 수를 줄인다면, 여력이 생길 것 같았다. 감정을 '찻잔 속 태풍'이라고 말하는 이도 있을 테지만, 찻잔의 세계가 양동이의 그것보다 작다고 해서 무시하면 안 된다. 삶은 하루에도 몇 번씩 감정의 소용돌이에 휩싸이는 여정일지도 모른다.

그것을 가리켜 널뛰기나 롤러코스터에 비유하는 것은 귀엽게 느껴질 정도다.

그날부터 잠자리에 들기 전 모래시계를 뒤집는다. 모래가 다 떨어질 때까지 걸리는 시간은 오 분, 하릴없이 떨어지는 모래알들을 하염없이 지켜본다. 감정이 빠져나가고 있는 것일까, 쌓이고 있는 것일까. 묵은 것들이 해소되는 것일까, 해소되지 못한 것이 묵어가고 있는 것일까. 솔솔 떨어져나가는 것이, 실은 내가 그토록 붙잡고 싶어했던 것은 아니었을까. 속삭이는 모래시계 앞에서, 잃었지만 잊을 수는 없는 존재들을 떠올린다. (9월 9일)

돌아오는 젊은 시인을
기다리는 밤

지난 10월 3일, 수경 누나를 보러 갔다. 꼭 일 년 만이었다. 재작년부터 한가을은 늘 누나와 함께였다. 생전에 주고받은 이메일을 들여다보며 '잘 지내지? 거기에도 쌀 있지?' 같은 엉뚱한 질문을 던진 후 혼자 웃기도 했다. 누나가 살아 있을 때 못다 전한 말을 이제야 건네는 것처럼, 대답을 듣지 못해도 아무렇지 않은 것처럼. 가을 하늘을 올려다보고 혼잣말하기도 한다. "누나라면 저 하늘의 색을 뭐라고 표현했을까?"

없는 존재를 머릿속으로 그려보는 것이 상상이라면 회상은 있었던 존재를 떠올리는 것이다. 어릴 때는 상상하는 것이 마냥 즐겁기만 했는데, 성인이 되고 나니 상상하는 자리에 종종 회상이 들어서곤 했다. 이는 그동안 많은 관계를 맺어왔다는 말도 될 것이다. '각자의 이야기'로 사라질 수 있었던 것이 '서로의 대화'가 되면서 또하나의 의미를 갖게 되었으니 말이다. 있었던 존재가 사라지면 상실감이 생기게 마련인데, 이 감정은 예고 없이 찾아들어 사람을 각성시키곤 한다. 여름날에 난데없이 불어오는 가을바람처럼.

내 마음속 달력을 펼치면 한겨울에는 아버지가, 한여름에는 황현산 선생님이, 한가을에는 허수경 시인이 자리잡고 있다. 달력을 넘길 때면 계절과 상관없이 슬픔과 안타까움과 미안함이 뒤섞인 눈비가 내린다. 나는 눈비를 달게 맞으며 그들을 회상한다. 아버지가 웃고 황현산 선생님이 웃고 수경 누나가 웃는다. 대답을 들을 수 없을 걸 빤히 알면서도 나는 묻는다. "왜 웃으세요? 무슨 좋은 일 있어요?" 이야기가 더이상 대화로 이어지지 않아 회상의 끝에는 늘 아쉬움이 고인다. 그리하여 계절이 바뀌면 그리워지는 것이다. 무심히 불어온 바람결에서 어떤 마음을 그리게 되는 것이다. 무심결을 꿈결로 만들어 적극적으로 돌이키고 싶은 것이다.

올해 허수경 시인의 3주기 추모재는 광명에 있는 금강정사에서 진행되었다. 작년처럼 진이정 시인의 28주기 추모재와 함께 치러졌는데, 문득 허수경 시인이『청동의 시간 감자의 시간』(문학과지성사, 2005)에 '진이정을 추억하다'라는 부제를 붙여 「눈 오는 밤」이라는 시를 썼다는 사실이 떠올랐다. 코로나19로 현장에 모인 사람은 별로 없었으나, 각자의 자리에서 누나를 떠올린 이들이 있었을 것이다. 책장을 뒤져 시집이나 산문집을 찾고 허수경의 문장에 밑줄 그은 이들이 틀림없이 있었을 것이다.

3주기를 맞아 누나의 장편동화 『가로미와 늘메 이야기』(난다, 2021)가 개정판으로 출간되었다. 누나가 세상을 떠나기 전까지 개작에 매진했다고 하는데, 문장 하나하나에 묻어나는 감정은 분명코 애틋함이었다. 지킴이가 하산하는 늘메에게 해주는 말이 오랜 울림으로 남았다. "모든 일이 다 풀리고 난 뒤에도 산이 그리우면 그때서야 너는 진짜 산을 만나게 된 거다." 생전에 누나는 그리워하는 사람이었다. 여기에 있을 때는 거기를 꿈꾸었고 거기에 당도했을 때는 여기의 소란을 간절하게 바랐다. 그러면서 미지의 장소를 그리워하는 법도, 익숙한 장소를 마음속으로 헤아리는 법도 터득했을 것이다. 마침내 진짜 산을 만났을 것이다.

허수경은 "젊은 시인들과 젊은 노점상들과 젊은 노동자들에게 아부하는 사회"를 꿈꾸었다. 어디에 있든 자신의 시간을 살

왔다. 한국이든, 독일이든, 난생처음 발 딛는 발굴지든, 거기서 그는 시간의 깊이와 길이에 대해 헤아렸다. 거기에 그리움이라는 감정이 들어차 허수경의 시가 쓰였을 것이다. 그러면서도 틈나는 대로 '젊은' 시인, 노점상, 노동자를 떠올렸다. 시의 마지막 연을 옮긴다. 누나가 평생 품었을 바람 같은 문장, 혹은 타국에서 간절히 기다리는 소식 같은 문장이다. "돌아오는 젊은 시인을/기다리는 밤".

돌아오지 않을 거라는 걸, 돌아올 수 없다는 걸 잘 알면서도 기다리는 사람. 그리움의 끝 간 데에는 아마도 저 사람이 서 있을 것이다.(10월 7일)

뚜벅뚜벅,
또박또박

쓰기 노동자로 산 지 이십 년이 다 되어간다. 말하기 노동자로 지낸 지도 꽤 되었다. 2000년대 중반부터 연단에 설 기회가 있었다. 그때마다 자기 암시를 통해 '연단'을 '무대'로 바꾸어 생각했다. 무대의 세번째 뜻인 "이야기의 배경이 되는 곳을 비유적으로 이르는 말"이 특히 좋았다. 나의 이야기가 누군가에게 다가가는 현장 같기도, 이곳에서 하는 이야기가 또다른 이야기로 탄생하는 순간 같기도 했다. 한 번도 대충 이야기한 적은 없었다. 이야기의 배경이 다 다른 만큼, 거기에 걸맞은 새로운 이야기가 필요했다. 현장의 눈빛이 커다란 응원이 되었음은 물론이다. 눈빛에는 호기심이 어려 있었다.

초등학생부터 어르신까지 지금껏 만나온 사람들은 사는 곳부터 관심사까지 다 달랐다. 무대가 나를 들뜨게 만들 때도 있었지만 대부분의 경우 나는 무대 위에서 겸허해질 수밖에 없었다. 내 이야기가 펼쳐지는 현장인 줄로만 알았는데, 되돌아보니 그분들의 이야기가 내 이야기와 합쳐져 우리의 이야기가 되고 있었던 것이다. '무대 위에 선다'고 말하면 긴장감으로 떨리지만 '무대 안에서 만난다'고 생각하면 기대감으로 떨린다. 이 기대감 덕분에 전국 방방곡곡을 돌아다닐 수 있었다. 이야기가 끝나면 놀랍게도 생면부지의 누군가가 심리적으로 가까운 이가 되어 있었다.

얼마 전 충주댐노인복지관에 다녀왔다. 복지관은 충주가 아니고 단양에 있었다. 대중교통을 이용하거나 걸어서 이동하는 '뚜벅이'인 나로서는 서두르지 않으면 안 되었다. 코로나19로 예년보다 교통편이 많이 줄어들었기 때문이다. 시외버스와 시내버스를 타고 어렵게 도착한 곳에는 어르신들이 거리 두기 준칙에 맞춰 앉아 계셨다. 한 분 한 분의 얼굴을 마주하니 일정 조율의 어려움을 무릅쓰고 오길 참 잘했다는 확신이 들었다. 환대는 다름 아닌 표정에서 가장 먼저 드러나는 법이다. 형형한 눈빛에는 그분들의 의욕과 열정, 무엇보다 세상을 궁금해하는 마음이 고스란히 고여 있었다.

이날 북토크의 감격이 아직까지 가시질 않는다. 어르신들은 지난여름부터 『나는 이름이 있었다』(아침달, 2018)를 읽으셨다고 한다. 시집의 활자가 작아서 복지관 직원분의 도움을 받아 시집을 큰 글자 책으로 만들었다고 한다. 그렇게 각자 따로 읽고 매주 시간을 정해 온라인으로 한 편 한 편 얘기를 나누셨다고 한다. '따로'와 '같이'를 통해 시집에 한 발 한 발 다가가셨다고 한다. 평소 시쓰기와 읽기를 좋아하는 분이 총괄 진행을 맡았지만, 해석되지 않아 답답한 것들은 메모해두셨다고 한다. 이 말을 듣고 천천함과 꾸준함의 위대함을 새삼 실감했다.

어르신들은 시집 표지에 수놓인 옷핀의 의미에 대해서도 열띤 토론을 했다고 한다. 겸손하게 말씀하셨으나 각각의 해석은 정말이지 근사했다. 그때마다 나는 한 편의 시가, 한 권의 시집이 누군가에게 다가가 새로 태어나는 장면을 떠올렸다. 해마다 한 번씩 단양에 놀러 왔으면 좋겠다고 말씀하실 땐 울컥하고 말았다. "젊음과 늙음을 구분하는 기준이 있어요?" 북토크 말미에 한 어르신이 조심스레 질문하셨다. "저는 세상이 궁금한 사람은, 세상에 궁금한 것이 남아 있는 사람은 젊다고 생각해요." 어르신들이 환히 웃었다. "아직 우린 젊네그려."

'뚜벅뚜벅'과 '또박또박'은 비슷하게 생긴 단어지만, 이 둘의

어감은 사뭇 다르다. 뚜벅뚜벅이 묵묵히 걸어가는 모습을 나타
낸다면, 또박또박은 저 뜻과 더불어 또렷한 모양과 꾸준한 태
도까지 담고 있는 단어다. 매일 어디론가 뚜벅뚜벅 걸어가는
사람을 떠올린다. 동시에 매일 또박또박 글을 쓰고 또박또박
화분에 물을 주는 사람을 떠올린다. 뚜벅뚜벅 걸어들어간 곳
에 또박또박 책을 읽는 분들이 계셨다. 이야기의 끝에 진한 여
운이 있어 무대에서 내려오기 싫었다. 뚜벅이로 찾아간 곳에서
'배움 토박이'들을 만났던, 귀한 날이었다. (11월 4일)

견딤에 대하여

퇴사를 결심한 친구를 만났다. 사직서를 제출하고 돌아오는 길이라고 했다. "도저히 못 견디겠더라." 부러진 음절들이 바닥에 툭툭 떨어졌다. 십 년을 넘게 다니며 좋은 기억도, 힘든 일도 많았을 것이다. 그사이 그는 두 번의 승진을 했고 부서와 업무가 달라지는 상황에서도 묵묵히 일했다. 곁에서 지켜본바, 그의 생활은 회사를 중심으로 돌아가고 있었다. 주중에 만나면 회사에서의 고단한 노동이 고스란히 느껴졌고, 주말에 만나면 다음주에 치러내야 할 업무가 머릿속에 가득했다. 그에게 회사는 단순히 밥벌이 수단 그 이상의 의미를 지닌 곳이었다.

처음에 나는 그의 말에 쓰인 '견디다'란 단어를 첫번째 사전적 의미로 받아들였다. 그러니까 "사람이나 생물이 일정한 기간 동안 어려운 환경에 굴복하거나 죽지 않고 계속해서 버티면서 살아나가는 상태가 되다"라는 의미 말이다. 이때 견딤에서 가장 중요한 속성은 바로 버팀일 것이다. 어려운 일이 찾아와도 참는 것, 주위 환경이 여의찮아도 굽히지 않는 것, 외부의 압력을 어떻게든 이겨내는 것 말이다. 마음가짐이 중요할 텐데, 몸이 고되면 자세는 흐트러지기 십상이다.

사직서를 낼 때, 미련 또한 완전히 사라졌으면 좋으련만 어디 사람 마음이 그런가. 친구는 당분간 쉬겠다고 말하면서도 아쉬움을 완전히 감추지는 못했다. 강산이 변하고도 남을 충분한 시간이었다. 일이 그렇게 힘들었느냐고 물었더니 고개를 젓는다. "단순히 힘든 차원이 아니야. 어느 순간에는 내가 누구인지 나조차 모르겠더라." 그때 친구의 몸은 흡사 액체처럼 보였다. 금방이라도 바닥으로 흘러내릴 것 같아 어깨를 토닥이는 손에 차마 힘을 줄 수 없었다.

그제야 나는 '견디다'의 두번째 의미인 "물건이 열이나 압력 따위와 같은 외부의 작용을 받으면서도 원래의 상태나 형태를 유지하다"를 떠올렸다. 비단 물건뿐이랴, 사람 또한 열이나 압력 같은 외부 작용에 취약할 수밖에 없다. 새로운 곳은 낯설어서 주눅들고 익숙한 곳은 정들었기에 발길이 떨어지지 않는다.

원래의 상태나 형태를 유지하기 어렵다. 무엇보다 새로운 곳이 익숙한 곳이 될 때까지 우리는 끊임없이 해당 장소(조직)에 심신을 맞추지 않으면 안 된다. 그것이 사회생활이고 조직 문화이고 공동체 정신이라고 배웠으니까.

말을 아끼다 친구에게 다가오는 주말에 뭘 하고 싶으냐고 물었다. 당장 계획이 있냐는 물음은 이제 막 회사를 그만둔 이에게 부담이 될 것이다. '쉬는 동안'이라는 단서를 붙인다면 조바심을 자극할 수도 있을 것이다. 그제야 친구의 표정이 조금 밝아졌다. 골똘히 궁리하는 모습만으로도 충분히 그다웠다. 학창 시절, 주말이면 산에 오르거나 바다를 향하는 친구였기에 아마도 이 휴식이 어느 정도는 반가우리라는 생각이 들었다. "여행 가야지. 가까운 데로." 자가용을 가지고 회사와 집만 오가던 생활에서 벗어나고 싶다고 그는 덧붙였다. 액체에서 다시 유기체가 된 그를 보고 안도했다.

우리 모두 각자의 자리에서 견디고 있다. 견디다 앞에 흔히 쓰이곤 하는 '묵묵히'라는 부사는 호수 위를 유영하는 오리를 떠올리게 한다. 겉으론 태연한 듯 보이나 수면 아래서 오리는 발을 재빠르게 움직이며 부단히 헤엄치고 있다. 말없이 잠잠한 듯 보이나 오리의 속은 바쁠 것이다. 애가 끓다가 타고 종래에는 마르고 마는 시간일 것이다. 마침내 속은 남아나지 않을 것이다. 호수 위의 오리와 땅 위의 우리가 겹쳐 보일 때마다 나는 매일 어떤 식으로든 견디고 있음을 깨닫곤 했다.

친구는 스스로를 더이상 잃지 않기 위해 어려운 결정을 내렸다. 생활에 치이는 일은 나 자신이 희미해지는 일일 테지만, 언제 어디에 있든 원래의 모습을 잃지 않은 채 존재할 수 있어야 한다. 삶은 '살아 있음'을 뜻하기도 하지만 '사는 일'을 가리키기도 하니까. (12월 2일)

가고 난 뒤에
오는 것들

한 해가 가고 새해가 온다. 2021년이 가고 2022년이 온다. 내년이 오면 올해는 곧장 헌 해가 되는 것일까. 그렇지는 않을 것이다. 상투적으로 사용되곤 하는 '다사다난多事多難'이라는 말에 이렇게 부합하는 해가 또 있었을까. 코로나19와 두번째 보내는 해였지만 익숙해진 것은 별로 없었다. 마스크는 여전히 갑갑했고 연일 속보를 주시하지 않으면 안 되었다. 이는 생활을 넘어 생계에까지 영향을 미쳤다. 사회적 거리 두기 단계에 따라 하려고 했던 일이 할 수 없는 일이 되기도 했다. 그러면 매번 체념이 뒤따라왔다.

체념이 반복되거나 길어지면 무기력해진다. 할 수 있는 일이 없다는 게 바로 '일'인 해였다. 일에서 그치지 않고 '탈'을 낳았다. 경제적인 탈, 신체적인 탈, 그리고 어떤 기대도 품지 않게 만드는 심리적인 탈. 별 탈 없이 사는 게 목표였던 이들은 탈이 나서 매일매일 다사다난할 수밖에 없었다. 가까운 이들에게 안부를 물을 여유는커녕, 나를 챙기고 돌보는 일에도 소홀해지는 경우가 많았다. 이럴 때일수록 나와 상대의 일의 경중을 따지고 탈이 난 횟수를 세면 안 될 것이다. 연말에 불행 콘테스트만큼 슬픈 일도 없다.

해가 갈 때마다 나는 올 것을 생각했다. 국면 전환을 주도적으로 할 수 없을 때, 해가 바뀌는 것은 절로 어떤 '계기'를 만들어주었다. 작심삼일이 될지언정 새해에 결심하는 것도 이 때문이다. 때로는 등 떠밀려 했던 일이 인생의 중요한 분기점이 되기도 한다. 결과가 늘 좋지만은 않을 것이다. 나로 말할 것 같으면, 단단히 실패를 맛본 뒤에야 그 일과 내가 걸맞지 않음을 깨닫는 미련한 사람이었다. 새해에는 코로나19 국면에 봉착했던 우리가 위드 코로나 국면에 안전하게 접어들 수 있기를 희망한다. 올 것을 생각하는 일은 희망하는 일인 셈이다.

연인은 헤어진 뒤에 '홀로'의 상태가 된다. 둘에서 하나를 빼도 하나가 남는다. 하나는 남은 하나에게 집중할 수밖에 없다. 바야흐로 자기 자신을 직면할 시간이 생긴 것이다. 한바탕 싸우고 난 후에는 그간 쌓여왔던 울화가 해소되기만 하는 것이 아니다. 해서는 안 될 말과 행동은 회한으로 돌아온다. 가기만 하는 것은 없다. 홀가분한 기분 끝에 찾아오는 미련처럼, 하나의 감정이 지나가면 다른 감정이 그 자리를 메운다. 두 감정이 섞여 당혹스러울 때도 있다. 한 사람이 간다고 해서 사연까지 영영 가버리는 것은 아니다. 함께했던 시공간이 뒤얽힌 기억은 언제고 다시 찾아온다.

유품 정리를 하는 김새별과 특수청소를 하는 전애원이 함께 쓴 『떠난 후에 남겨진 것들』(청림출판, 2020)을 읽었다. 생사의 갈림길에 있는 엄마를 생각하며 혼자 우는 아이, 그 뒤에서 그들은 이렇게 쓴다. "아이는 앞으로 얼마나 많은 날을 혼자 울어야 할까. 언제까지 그 슬픔과 고통을 숨죽여 삼켜야 할까." 숨죽인 채 보낸 시간이 숨통을 틔워주리라는 보장은 없지만, 이것 하나는 분명하다. "감당할 수 없는 고난이 와도 다시 일어나 살아가야만 하는 것이 우리의 삶이란 것을." 그들이 죽음에서 삶을 보았듯, 우리는 절망 속에서 희망을 찾아야만 한다.

가고 난 뒤에 오는 것들이 있다. 헤어진 이의 뒷모습이 콩알만 해질 때까지 바라보던 사람은 이내 마음을 접는다. 제 갈 길을 가야겠다고 생각한다. 생각하지 못했을지라도 발길은 이미 상대와 반대편으로 향해 있다. 묵은 것이 해소되는 데는 묵은 만큼 이상의 시간이 필요하지만, 그 시간 안에 맺히고 영글고 또다시 묵어가는 것이 있을 것이다. 그사이 미련이 기대감이 되는 순간 또한 나타날 것이다.

세계가 넓고 크게 느껴진 적이 있었다. 가는 것들과 헤어지고 오는 것들과 만나면서 깨달았다. 내가 좁고 작다는 것을. 가고 난 뒤에 오는 것들이 있다. 가고 난 뒤에야 오는 것들이 있다. 나는 기다린다, 그것을, 열렬히. (12월 30일)

2022

속에 담긴
속담들

틈나는 대로 국어사전을 펼친다. 글이 무섭게 잘 풀릴 때나 글이 도무지 안 풀릴 때, 시간을 채우고 싶을 때나 시간을 죽이고 싶을 때, 들뜬 기분을 가라앉히고 싶을 때나 풀죽은 상태에 기운을 불어넣고 싶을 때, 어김없이 국어사전을 펼친다. 아무 때나 펼치는 셈이다. 숨을 참고 있을 때조차 공기가 있는 것처럼, 잊은 줄로만 알았는데 불현듯 떠오르는 기억처럼, 그것은 언제든 열어볼 수 있게 내 침대 옆에 놓여 있다.

단어를 익힐 때 나의 여정은 다음과 같다. 일단 단어의 뜻 살피기. 아는 단어라도 재확인의 과정이 필요하다. 단어의 첫 뜻만 알고 있기도 하고, 다양한 뜻을 매번 한 가지 뜻으로 해석하는 경우가 왕왕 있기 때문이다. 얼마 전에는 '놀라다'란 단어의 뜻이 네 가지나 된다는 걸 알았다. 무서울 때나 감동할 때나 기가 막힐 때나 신체의 어떤 부위가 평소와는 다른 반응을 보일 때 쓰는 단어일 텐데, 지금까지 그것을 뭉뚱그려 한 가지 뜻으로만 파악하고 있었다.

내가 알고 있던 뜻과 실제 단어의 뜻이 다르면 무람해진다. 말문이 막힌 채로도 머릿속으로는 실제 뜻을 계속해서 굴리고 있다. 잊지 말아야지, 제대로 써먹어야지 다짐하면서. 모르는 단어를 발견하면 그것을 몸에 새기려고 애쓴다. 두번째 여정인 예문 읽기가 도움이 된다. 단어의 용례를 파악하는 데 이만한 방법은 없다. 그것은 국어사전에 붙박인 단어를 현장의 맥락 안에 자리잡게 하는 일이기도 하다. '맥락'이라는 단어의 첫번째 뜻도 최근에 처음 알았다. "혈관이 서로 연락되어 있는 계통"을 의미하는데, 이것이 우리가 일반적으로 사용하는 두번째 뜻인 '관계'에 영향을 주었을 것이다.

몇 년 전부터 여기에 한 가지 루틴이 추가되었다. 해당 단어가 들어간 관용어와 속담을 읽는 일이다. 말맛을 느낄 수 있는 것은 물론, 예전부터 그 단어가 어떻게 사용되었는지 이해하는 데 도움이 된다. 시작은 '좁쌀'이었다. 나는 쌀 앞의 '좁'이 당연히 접두어라고 생각했고 이를 정확히 알고 싶어 사전을 펼쳤다. 내가 알고 있던 단어의 뜻은 두번째 것이었다. "작고 좀스러운 사람이나 물건을 비유적으로 이르는 말" 말이다. 첫번째 뜻은 "조의 열매를 찧은 쌀"이었다. 얼굴이 발개졌다.

무심히 하단의 속담관용구 부분을 살피는데, 거기서 발견한 속담에는 이런 것이 있었다. "좁쌀 썰어 먹을 놈." 싱거운 웃음이 피식 나왔다. 좀스러운 사람을 비꼬는 속담이었지만, 한편으로는 이런 생각도 들었다. 콩 한 쪽도 나눠 먹으라고 배웠는데, 좁쌀이라고 나눠 먹지 못할 이유는 무엇일까. 그뒤로 속담과 관용구를 통해 옛날 사람들의 삶을 떠올리기도 하고 그것을 현재 상황에 어떻게 적용할 수 있을지 고민하는 시간이 생겨났다. 속담은 뜻을 헤아리는 순간, 장면이 눈앞에 펼쳐지기 때문에 굳이 노력하지 않아도 속에 절로 담겼다.

얼마 전에는 식혜의 어원을 알아보고자 국어사전을 펼쳤다. 거기서 "식혜 먹은 고양이 속"이라는 속담을 만났다. "죄를 짓고 그것이 탄로날까봐 근심하는 마음"이라고 하는데, 안절부절못하는 고양이의 표정이 그려져 웃음이 나왔다. 누룽지와 눌은밥의 차이를 알기 위해 '누룽지'를 찾았을 때는 "평생소원이 누룽지"라는 속담을 맞닥뜨렸다. 평생 어디 들러붙겠다는 태도를 풍자하는 것일까 짐작했지만 실제 뜻은 "기껏 요구하는 것이 너무나 하찮은 것임을 비유적으로 이르는 말"이었다. '평생소원'이 한 단어라 붙여 쓴다는 사실은 덤으로 알았다.

속담을 속에 담는 일은 '예로부터'를 '지금까지'로 연결하는 일이다. 속담을 지칭하는 데 걸맞은 속담은 "속에 뼈 있는 소리"일 것이다. 물론 어떤 뼈는 이 시대와 어울리지 않을 것이다. 그럴 때는 기존의 속담을 뒤집어 새로운 말을 상상해야 한다. 겉을 훑어보는 대신, 속을 톺아보는 것이다. (1월 27일)

지난번과
다음번

"지난번에 이렇게 하니까 안 됐어." 블록을 가지고 놀던 아이가 말한다. 아이는 블록 쌓기에 여념이 없다. 무엇을 짓는 거냐고 물어도 수줍게 웃을 뿐 뾰족한 답변을 하지 않는다. "그냥 높이 쌓는 거야?" 물었더니 고개를 젓는다. 아이는 다시 쌓기에 집중한다. 지난번에 블록 쌓던 시간을 헤아리고 있는 것 같다. 그렇게 해서 안 됐던 경험을. 그냥 높이 쌓는 것이 아니다. 아이는 스스로 만들고 싶은 것이 있다. 머릿속으로 상상했던 것을 구현하려는 아이의 손놀림이 간절하다.

어른은 멀찌감치 서서 아이의 모습을 바라본다. 딱 저만했을 나이, 자신은 어떤 아이였을까. 유년기의 몇 장면이 자연스럽게 떠오른다. 느닷없이 소환된 장면은 아니다. 그것은 마치 앨

범에 담긴 사진처럼, 언제고 마음만 먹으면 꺼내서 볼 수 있다. 환히 웃고 있는 모습도 있지만, 슬프고 화나고 못마땅했던 순간이 더 많다. 그는 무엇 때문에 슬펐는가. 누구 때문에 화나고 누구에게 못마땅했는가. 어른이 될 때까지 그가 잊지 않는 장면에서 감정을 불러일으킨 자는 다름 아닌 그 자신이었다. 그는 순전히 스스로 때문에 슬프고 화나고 못마땅했다.

하루는 친구들과 함께 놀이터에서 모래성을 쌓고 있었다. 손으로 땅을 파고 모래를 쌓아 성을 만들었다. 튼튼하게 성곽을 다지고 성벽에 이쑤시개로 창문을 냈다. 각자의 자리에서 축조된 성이 모래밭 위를 수놓았다. 그는 친구들이 만든 모래성을 보고 충격을 받았다. 어린 그가 보기에도 그것은 자신의 것보다 빼어났다. 성곽은 날렵했으며 성은 더 높았다. 성 위에 아슬아슬한 첨탑을 세운 아이도 있었다. 휘둥그레진 눈에서 눈물이 왈칵 솟구쳤다. 그는 손발을 휘저어 친구들의 성을 무너뜨렸다. 모래성이 붕괴되는 장면을 본 친구들도 울기 시작했다. 모래밭은 삽시간에 눈물바다가 되었다.

다음날, 엄마는 어린 그를 이끌고 집집이 돌아다니며 사과하게 했다. 어제 그렇게 울었는데도 눈물은 그치지 않았다. "다음번에는 절대 그러지 않겠습니다." 엄마가 외우게 한 문장을 말할 때마다 목에 생선 가시가 걸린 것 같았다. '절대' 때문이 아니었다. '다음번'이라는 말이 그에게 요원하게 느껴졌던 탓이다. '다음번이 있을까?' 혹은 '다음번에도 아이들이 나와 놀아줄까?' 같은 질문들로 머릿속이 우거졌을 것이다. 모래성의 두번째 뜻인 "쉽게 허물어지는 것을 비유적으로 이르는 말"을 현장에서 익힌 셈이다. 그는 그뒤로 놀이터에 나가지 않았다. 지난번의 잘못을 다음번에 만회할 생각을 하지 않았다.

누구나 기억하는 것은 아니다. 최근에 읽은 김승섭의 『미래의 피해자들은 이겼다』(난다, 2022)와 노동건강연대가 기획하고 이현이 정리한 『2146, 529』(온다프레스, 2022)는 기억의 힘이 얼마나 중요한지 절절히 깨닫게 해주었다. 김승섭은 천안함 생존 장병과 세월호 생존 학생의 이야기를 아프게 전한다. 이현은 2021년 한 해 동안 산업재해로 세상을 떠난 노동자의 죽음을 묵묵히 기록한다. 외면했거나 몰랐던 장면을 마주하면서, 내가 품었던 것은 비단 상실감만은 아니었다. 우리가 무엇을, 어떻게 해야 하는지 끊임없이 생각하게 했다. 기억은 언뜻 과거의 인상을 길어올리는 일처럼 보이지만, 도로 생각해낸 것을 가지고 미래를 다짐하는 일로 확장될 수 있다. 비극에서 남은 자들을 살피고 머리기사에서 비껴난 어둡고 후미진 현장을 기록하며, 지난번은 다음번으로 연결된다.

기억하는 사람은 슬퍼하는 사람이다. 가장 마지막까지 남아 있는 사람이다. 텅 빈 운동장 앞에서 사람들로 북적이던 시간을 떠올리는 사람이다. 자신의 감정을 주체하지 못해 모래성을 무너뜨린 아이가 있었고, 스스로 허문 블록을 다시 쌓는 아이가 있다. 지난번을 기억하는 사람만이 다음번을 기약할 수 있다. 기억이 기약이 될 때, 미래는 비로소 구현된다. (2월 24일)

봄에도
봄을 기다리는 사람

약국에 들렀다. 코로나19 자가 진단 키트를 사는 사람, 만일
에 대비해 상비약을 구입하는 사람, 병원에서 처방전을 받아
약이 조제되기를 기다리는 사람이 있었다. 한겨울 추위 같은
팽팽한 기운이 감돌았다. 준비할 때의 비장함, 바로잡을 때의
간절함이 물씬 느껴졌다. 마스크 안의 속사정이야 알 수 없겠
으나 표정이 어두운 것은 매한가지였다. 대비하는 사람과 수습
하는 사람의 마음은 별도리 없이 복잡하다.

"뭐 필요하세요?" 약사가 물었다. "소독약과 찰과상에 바르는
연고 좀 주세요." "네, 조금만 기다려주세요." 나는 안쪽에 있는
의자에 앉아 호명되기를 기다렸다. 그사이 종합 감기약, 인후
염에 잘 듣는 약, 해열제 등을 사는 사람을 보았다. "혹시 몰라

서 미리 사두는 거예요." 약사에게 건네는 그 말에서 여유가 아닌 다급함이 느껴졌다. 턱밑에까지 온 어떤 위험 앞에서, 내가 구매하는 약품은 사소하게 느껴졌다. 나도 미리 사둬야 하나 고민하던 찰나, 소독약과 연고를 받았다. 사야 할 물건을 샀는데도 왠지 미련이 남아 머뭇거리듯 약국 문을 나섰다.

"엄마, 3월이면 봄이야?" 약국 밖으로 나오니 한 아이의 목소리가 들린다. "꽃이 피었잖아. 봄이 온 거지." 아이는 앞으로 꽃이 핀 모습을 보고 봄이 왔다는 사실을 알 것이다. 봄인데도 때로는 겨울옷을 입기도 한다는 것을, 봄이면 으레 학년이 바뀐다는 것을, 봄이어서 괜히 설레고 바깥으로 나가고 싶은 마음에 발을 동동 구르기도 한다는 것을 체득할 것이다. 한겨울에 봄을 상상하고 봄에만 할 수 있는 일들을 손꼽아 기다리기도 할 것이다.

그날 오후, 볼일이 있어 외출했다가 혼자 밥을 먹었다. 식사하기에 이른 시간이라 그런지 빈자리가 많았다. 창가 쪽에 자리를 잡고 음식을 주문한 뒤 줄곧 창밖을 내다보았다. 시원하게 활보하는 사람이든, 주위를 살피며 조심스레 걷는 사람이든 마스크를 끼고 있다. 지난 이 년은 어색한 것이 당연한 것이 되는 시간이었다. 각자의 사정이 다 다를 테지만, 분명 기다리고 있을 것이다. 대비하거나 수습하지 않아도 되는 시간을. 오랜만에 들른 동네 카페의 출입문에는 이런 메모가 붙어 있었다. "안정되면 돌아오겠습니다." 누군가 뭔가가 시작되길 바랄 때, 또다른 누군가는 뭔가가 끝나기를 바란다.

직장에 다닐 때의 일이다. 월요일 오전, 통로 쪽을 바라보며 생글생글 웃는 동료에게 농담으로 물었다. "뭐 기다리는 거 있어?" 동료가 "주말?"이라고 대답해 크게 웃었다. 그가 기다리는 것은 기실 택배였으나 속으로는 아마 주말을 더 간절히 기다렸을지 모른다. 몇 달째 몸담았던 프로젝트가 무사히 끝났을 때는 묘한 해방감이 들었는데, 이 순간만을 기다려왔음을 온몸이 증명하고 있었다. 내일도 출근해야 한다는 사실은 변함없었지만, 기다림이 보상받았다는 느낌 덕분에 종일 설렜다.

기다림이야말로 살면서 누구나 가장 오랫동안 묵묵히 해온 일이 아닐까. 겉으로 드러나지 않더라도 무의식중에 늘 하고 있던 일 말이다. 3월, 개학을 했고 대선이 있었다. 그사이 누군가는 신입생이 됐고 대통령 당선자가 수락 연설을 했다. 기다리지 않아도 순리처럼 찾아오는 일도 있지만, 기다림의 결과에 따라 환호하거나 낙담하는 사람도 있다. 기다리는 사람은 기대하는 사람이기 때문이다. 시간에 기대는 사람이기 때문이다.

친구가 도착하기를, 연인이 생기기를, 가족이 건강이 회복되기를, 더 나은 세상에서 살기를. 그래서 누구는 봄에도 겨울을 살고 한여름에도 봄을 잊지 못한다.

뭘 기다리는 줄도 모르고 내처 기다렸던 시절이 있었다. 기다리는 대상은 분명한데 그것이 눈앞에 나타나지 않았던 때도 있었다. 그리고 봄에도 봄을 기다리는 사람이 있다. 그는 빠른 사람일까, 느린 사람일까. 대비하는 사람일까, 수습하는 사람일까. (3월 24일)

신호들

어릴 적부터 종종 넘어졌다. 돌부리에 걸려 넘어질 때면 웃음이 났다. 피가 나는 것을 보고 이내 울음을 터뜨렸지만, '걸려 넘어지는 일'은 내게 어떤 신호처럼 다가왔다. 너무 빨리 가고 있다거나 잘못된 방향으로 가고 있음을 일깨워주었다. 주위를 살피지 않고 앞으로만 나아가는 일이 얼마나 위험한지도 생각하게 했다. 보이지 않는 돌부리도 있었다. 그것은 나를 좌절시키고 결국 포기하게 만들었다. 걸려 넘어진 뒤 다시 일어날 엄두를 내지 못하게 했다.

넘어질 때마다 나를 일으킨 이들이 있었다. 가족, 친구, 동료부터 시작해 책이나 영화에 등장하는 인물, 일면부지의 사람들까지 내게 손을 내밀었다. 툭툭 털고 일어날 때마다 아무렇지 않은 척했지만, 그때마다 어떤 신호가 다가왔다. 그 신호는 내게 잘 살고 있냐고 천진하게 묻고 있었다. 이대로 사는 게 괜찮으냐고, 혼자 일어설 수는 없었느냐고. 천진한 질문을 마냥 웃어넘길 수만은 없었다. 이것이 내가 넘어짐 앞에서 매번 겸허해진 이유다.

2009년에 교통사고를 크게 당했다. 일 년 가까이 병원 생활을 했는데, 그 시간 동안 신체적인 아픔만 있었던 것은 아니었다. 삶을 되찾는 빽빽한 시간 이후에는 길고 무료한 시간이 찾아왔다. 그때 내가 가장 많이 떠올린 질문은 이것이었다. 퇴원하면 가장 먼저 뭘 하고 싶은가. 떠오르는 것은 많았지만 정작 뾰족한 답이 없었다. 놀러 가는 것에서부터 취업에 이르기까지 스펙트럼은 다양했다. 나는 그 답들을 차곡차곡 수첩에 적어두었다. 재수술을 마치고 퇴원하던 날, 눈앞에 햇살이 쏟아졌다. 무엇이든 시작하라는 신호였다.

신호를 받아들이기 위해서는 그간 익숙해진 삶의 방식을 의심해야 한다. 그런데 우리는 평소와 분명히 다른데도, 으레 괜찮을 거라고 자기 최면을 걸거나 원래 하던 방식이 옳다고 자기 합리화를 한다. 신호탄을 무시하면 때때로 몸이 나서서 불발이라고 반응한다. 번아웃 증후군 또한 내겐 난데없이 등장한 돌부리였다. 처음에는 외면하고 다음에는 부정하다가 결국 심신이 회복하기 힘들 정도로 쇠약해졌다. 모든 일에 대한 의욕이 사라졌을 때, 그제야 나는 삶의 우선순위를 떠올릴 수 있었다.

이자람의 산문집 『오늘도 자람』(창비, 2022)을 읽다가 다음 대목에 또다시 걸려 넘어졌다. "뒤늦게 알았다. 내 몸을 아끼는 것은 나 자신의 의무일 뿐 다른 누가 챙겨주는 영역이 전혀 아니라는 것을. 몸은 끊임없이 신호를 보내 내게 말을 하고 있고 그것을 듣고 행동해야 할 주체는 나뿐이다." 몸의 신호를 외면하고 하던 대로 직진하던 사람들은 결국 돌부리에 걸린다. 걸려 넘어진다. 이전처럼 툭툭 털고 일어날 수 있으면 좋으련만, 일으켜줄 사람이나 일어날 기력이 없을 때도 있을 것이다. 상상만으로도 아찔하다.

2001년 가을, 정리되지 않은 생각과 감정이 온몸을 뒤흔들었다. 쉬라는 신호였다. 2016년 10월, 첫 직장을 그만두었다. 잠재된 것을 적극적으로 발견하라는 신호였다. 2018년 1월, 아빠가 암 투병을 시작했다. 곁을 지키라는 신호였다. 아빠와 산책하며 거리에 외딴섬처럼 서 있는 사람들을 눈에 담았다. 도와달라고, 당신의 관심이 절실하다는 신호였다. 사람이 사람에게 보내는 신호는 이내 그것을 쓰라는 신호가 되었다.

코로나19에 확진되어 자가 격리를 하는 첫날, 이 글을 썼다. 방심이라는 돌부리에 걸려 넘어진 셈이다. 넘어진 사람은 눈앞에 있는 바닥만 허망하게 바라보지 않는다. 뒤돌아 어디를 어떻게 걸어왔는지 파악할 수도 있다. 발자국을 헤아리는 시간은 궤적을 신호로 변환하는 시간이기도 하다. 지금껏 내가 거쳐온 길에 놓여 있던 돌부리를 떠올린다. 걸려 넘어지기 위해 스스로 돌을 놔둘 필요도 있을 것이다. 순탄한 길 위를 걷는 사람은 험한 비탈길에 있는 사람의 심정을 헤아리지 못하니까. 해석되기 전의 신호는 늘 외롭다. (4월 21일)

평등에
다음은 없다

어렸을 때의 일이다. 분홍색 티셔츠를 입고 온 남자아이가 놀림을 받았다. 분홍색을 입었다는 이유로, 여자 색깔의 옷을 입었다는 이유로. 아이는 충격을 받았는지 사흘간 유치원에 나오지 않았다. 그날 이후로 그가 분홍색 옷을 입은 것을 본 적이 없다. 그날, 선생님은 아이들을 한데 모아 이런 질문을 던졌다. "여러분, 각자 좋아하는 음식에 대해 말해볼까요?" 치킨을 말한 아이, 김치를 외친 아이, 수줍게 빵이라고 대답한 아이도 있었다. "나도 빵 좋아하는데." 빵이라는 단어가 등장하자 웅성임이 시작되었다.

"각자 어떤 빵을 좋아하는지 말해볼까요?" 이어진 선생님의 질문에 아이들의 입에서 좋아하는 빵의 이름이 앞다투어 튀어나왔다. 크림빵, 크로켓, 단팥빵, 카스텔라 등 말만 들어도 군침이 돌았다. 그때 한 아이가 "곰보빵이요!"라고 소리쳤다. 선생님이 환히 웃으며 말을 이었다. "선생님도 곰보빵을 좋아하는데, 곰보빵이라는 이름은 마음에 안 들어요. 왜 그럴까요?" 아이들은 생각에 잠겼다. 몇몇 아이들은 자라면서 이따금 그 장면을 떠올렸다. 개중에는 곰보가 "얼굴이 얽은 사람을 낮잡아 이르는 말"이라는 걸 알고 불편해진 아이도 있었을 것이다.

누군가가 배제되는 상황이 불편했던 아이는 선생님이 되었다. 그는 아이들 앞에 설 때마다 모두를 있는 그대로 존중하려고 노력한다. 크림빵과 단팥빵 중 어떤 것을 먹을지 고르는 것은 취향이라고 인정하면서도 왜 나이, 성별, 장애, 학력, 성적 지향 등으로 우리와 그들을 구분짓는지 의문이다. 공동체를 유지하고 도덕을 지키기 위해 구분이 필요하다는 말을 들을 때마다 답답하기만 하다. 거기서 지워지는 것은 다름 아닌 사람이기 때문이다. 그는 어릴 적에 선생님이 차이에서 시작되는 차별을 경계했다는 생각이 든다. 아마도 선생님은 우리는 다 다르고 그 다름이 존중받아야 한다는 가르침을 주고 싶으셨을 것이다.

한 달 넘게 국회 앞에서 차별금지법 제정을 외치는 단식 농

성이 진행되고 있다. 국가인권위원회의 지속되는 제정 촉구에도 국회는 요지부동 묵묵부답이다. '사회적 합의'를 이야기하지만, 이미 여론조사를 통해 국민의 절반 이상이 법 제정에 찬성한다는 사실을 우리는 알고 있다. 문제는 차별이 나쁜 것임을 배운 이들도 어떤 차별은 당연하다는 생각을 한다는 데 있다. 차이를 당연시하면서도 특정 차이에 대해서는 인정할 수 없다는 모순적인 태도를 보이는 것이다. 무엇보다 그들이 6월에 있을 전국동시지방선거 눈치를 보고 있음을 잘 알고 있다. "다음에, 다음에"를 외치다보니 법안은 십오 년 가까이 테이블 위에만 있었다.

얼마 전, 야생화 군락지에 다녀왔다. 눈에 띄지 않더라도 모든 꽃에는 고유한 이름이 있었다. 그냥 꽃도 아니고 굳이 야생화로 통칭할 필요도 없었다. 똑같아 보여도 자세히 들여다보면 생김새가 조금씩 다 달랐다. 마치 사람처럼. 평생을 들여도 이해할 수 없는 게 바로 사람일 것이다. 그러나 우리는 어려서부터 서로의 다름을 인정하고 그것을 받아들이는 연습을 기꺼이 해왔다. 말이 어눌해서, 다리가 불편해서, 나이가 어려서, 외국에서 와서, 학교에 다니지 않아서 차별받는 일이 말도 안 된다고 생각했던 아이는 어느새 권리를 주장하며, 편의를 앞세워

차별하는 어른이 되었다. 서글픈 일이다.

야생野生은 "산이나 들에서 저절로 나서 자람"을 뜻한다. 삶에서는 저절로 되는 게 없는데 참으로 경이로운 일이다. 저절로되는 게 없을지라도 사람으로 태어난 이상, 사람답게 살 수 있는 권리가 필요하다. 모든 사람은 평등하고 어떤 이유로도 차별받아서는 안 된다는 의식이 성문 형태로 정리된 것이 바로'법'이다. 그러므로 차별금지법이 제정된다는 것은 사람의 권리를 인정하고 혐오와 소외를 막는 가장 빠른 길이다.

차별금지법이 하루빨리 제정되길 바란다. 평등에 다음은 없다.
(5월 19일)

뜻밖의 말들

"여기까지 어떻게 왔어?" 다급한 목소리가 들린다. 저렇게 물었으나 걸어서 왔는지, 차를 타고 왔는지는 중요하지 않다. 무슨 목적으로 찾아왔는지도 알 바 아니다. 지금은 내 눈앞에 상대가 있다는 사실만이 중요하다. "문득 생각나서. 생각이 나서 왔지." 방문자는 천천히 대답한다. 그제야 마음에 평정이 깃든다. 용건은 다름 아닌 그리움이었다.

마음이 다친 날에는 종종 저 장면을 떠올리곤 한다. "생각이 나서 왔지"라고 차분하게 말했던 사람의 표정을 그려본다. 그러면 신기하게도 응어리가 눈 녹듯 풀어지는 것이다. 문득 생각이 날 수는 있다. 생각이 났다고 가볍게 문자를 보내거나 애틋한 편지를 쓸 수도 있다. 그런데 실제로 생각난 사람을 보러

가기는 쉽지 않다. 문밖에 나서거나 옆 동네를 산책하는 데에도 어떤 결심이 필요하지 않은가. 하물며 자신이 사는 곳과 동떨어진 지역을 계획 없이 이동하는 일은 여간해선 실행으로 옮기기 어렵다.

당시 내가 했던 말은 "무슨 말을 해야 할지 모르겠다"였다. 예상치 못한 방문이 가져다준 커다란 기쁨과 놀라움에 빗대기에는 '감동'이라는 단어가 뭔가 불충분하다고 느꼈다. 그날이 어떻게 흘러갔는지 도통 기억나지 않는다. 그러나 그가 문을 열고 들어왔던 순간의 기적, 생각이 나서 왔다고 담담하게 말할 때의 표정만큼은 생생하다. 웃고 떠들며 먹고 마셨던 것들은 이미 어떤 식으로든 소화되었겠지만, 나는 무너질 것 같을 때마다 단단한 벽이 되어주었던 한마디의 말을 발음해보는 것이다. "생각이 나서 왔지." 저 말 덕분에 그날은 처음부터 끝까지 뜻밖으로 가득차 있었다.

위의 경험으로 나는 뜻밖의 일을 오롯이, 그리고 올곧이 받아들일 수 있는 사람이 되었다. 뜻밖의 지시나 요청에도 예전보다 동요하지 않게 되었는데, 뜻밖의 시련을 이겨내면 뜻밖의 기회가 찾아올 거라 믿었기 때문이다. 문득 생각나서 나를 찾아준 사람이 아니었다면 나는 예기치 않은 장면 앞에서 얼어

붙기 일쑤였을 것이다. '뜻'의 '밖'에 있기 때문에 엄밀히 말하면 내 소관은 아니지만, 뜻밖의 일을 내 안에 들일지 말지 결정하는 것은 전적으로 내 몫이다.

천만뜻밖의 말에서 인생의 앞길이 열리기도 한다. 열두세 살 무렵이었을 것이다. 난생처음 "너는 말을 다르게 해"라는 말을 들었다. 듣는 순간 어안이 벙벙해졌는데, 속에 없는 말을 했다는 뜻으로 친구의 말을 해석해서였다. 내 반응에서 이상한 기운을 감지한 친구가 황급히 덧붙였다. "다른 사람들이랑 다르게 한다고. 네 방식으로, 독특하게, 재미있게." 그때부터였을 것이다. 말하는 데 재미를 붙인 것은. 말하는 데 붙인 재미가 대화의 환희에 가닿는 데까지는 그리 오랜 시간이 걸리지 않았다. 어느새 나는 묻고 듣고 말하고 끼어들고 틈틈이 추임새를 넣고 농담을 던지고 대화의 말미에 오늘 나눈 것들을 정리하는 사람이 되어 있었다. 시인이지만 밖에서는 왕왕 '읽고 쓰고 듣고 말하는 사람'으로 스스로를 소개하기도 한다.

뜻밖의 말에 대해 생각한다. 예상을 벗어난 말, 평소와는 다른 말, 처음 들었을 때 고개를 갸웃하게 만드는 말, 해석에 골몰하게 만드는 말, 또는 듣자마자 가슴을 요동치게 만드는 말, 힘든 순간마다 꺼내서 기대고 싶은 말, 의지가 반영되지 않았기에 생경하지만 순순히 내 쪽으로 끌어당기며 의지를 다잡게 되는 말. 어쩌면 상대는 생각이 나서 한 것이 아니지만, 그것을 들은 사람은 북받치듯 생각나는 그런 말.

뜻밖의 어떤 말은 난데없이 들이닥쳐 사람을 때려눕힌다. 뜻밖의 어떤 말은 사람을 감싸안으며 마침내 살리기도 한다. 메마른 땅에 불을 지피는 뜻밖의 말도 있다. 200자 원고지에 처음으로 글을 써갔을 때 선생님이 해주신 말씀이 생각난다. "별난 글이네." 뜻밖의 말 덕분에 나는 쓰는 사람이 되었다.

(7월 14일)

주고받기의 어려움

받는 일은 기쁜 일이다. 칭찬을 받는 일도, 상을 받는 일도, 선물을 받는 일도 흔한 일이 아니어서 더 그렇다. 뜻밖의 경우일 때가 많아서 놀라움을 동반하기도 한다. 이 또한 기쁨을 더욱 벅차게 만들어주는 요소다. 그러나 받는 일도 쉬운 것만은 아니다. 정도가 지나치면 어찌할 바를 모르게 된다. 단순히 예상할 수 있었느냐의 문제가 아니다. 이걸 받아도 될까, 이 호의를 있는 그대로 받아들여도 될까 하는 생각은 짐이 된다. 부담이 된다. 주고받는 일은 관계의 문제이기 때문이다.

주는 일도 마찬가지다. 누군가에게 무언가를 건넬 적에 신경 써야 할 게 한두 가지가 아니다. 상대의 취향은 물론, 하는 일이나 가족의 형태 또한 고려해야 한다. 대가족이 사는데 케이

크 한 조각을 보내는 것은 주면서도 겸연쩍은 일이고, 채식주의자에게 스테이크 쿠폰을 보내는 건 무례한 일이다. 본의 아니게 어긋나는 마음 덕에 주고도 편치 않을 수 있다는 말이다. 내가 베푼 호의 너머에는 상대의 사정이 있다는 걸 잊으면 안 된다.

나의 경제적 상황에 대해서도 고려해야 한다. 잘 보이고 싶은 자리라 하더라도 무리를 해서 한 선물은 속상함으로 돌아온다. 당장 내 코가 석 자인데 코가 납작해질까 두려워할 필요는 없다. 모두에게 선심을 쓰고 싶은 너른 품을 지녔을지라도 우리의 재화는 제한되어 있다. 신중하게 고른 선물을 받고 상대가 그다지 기뻐하지 않았을 때도 실망스럽다. 마음에 들지 않느냐고 직접 물어보기 곤란한 경우에는 애가 끓는다. 주었는데도 불구하고 뭔가를 뺏긴 것 같은 느낌이 들 때, 주고받는 행위에는 적신호가 켜진다. 이는 잘 아는 사이나 친한 사이보다 적당히 아는 사이에서 발생하는 경우가 많다.

지인 중 한 명은 사람들과 주고받은 것을 정리해놓은 스프레드시트가 있었다. 연도별, 월별, 일별로 정리된 파일을 보며 살면서 주고받는 일이 이렇게나 많다는 사실에 놀랐다. 그의 철두철미한 정리법에도 놀랐는데, 그도 그럴 것이 축의금 및 조의금부터 커피 쿠폰 한 장까지도 빠짐없이 적혀 있었기 때문이다. 그것은 단순히 주고받은 흔적의 기록이 아니었다. 흡사 재정 담당 관리자의 파일 같았다. 그는 이렇게 해두면 나중에 상대에게 선물할 때 아이템을 고르고 가격대를 맞추는 게 쉬워진다고 했다. 그 말을 듣고 어안이 벙벙해졌다.

"이렇게까지 하진 못할 것 같아. 무엇보다 그러기가 싫어."
아이템과 가격대라는 말이 머리 한구석에 돌부리처럼 삐죽 솟아나 있었다. 그는 콧등을 긁적이며 내 얼굴을 빤히 쳐다보았다. 눈을 떠도 코 베어가는 세상에서 이렇게 살면 안 된다고 무언으로 채근하는 것 같았다. 누구 코에 붙이겠는가 싶더라도, 코에 걸면 코걸이 귀에 걸면 귀걸이 식으로 사람을 대할 수는 없었다. 주고받기의 어려움을 수치화하기는 싫었다.

언젠가부터 준 것을 의도적으로 잊으려고 애쓴다. 주었던 만큼 받기를 바랄까봐 걱정되어서다. 물론 상대가 "그거 아직 잘 쓰고 있어"라고 말할 때 대답을 얼버무릴 때도 있다. 편한 사이에는 무엇을 주었는지 잊었다고 솔직하게 고백하기도 한다. 그것이 마음을 더는 일이 아니라, 다치지 않기 위함임을 전하면서 말이다. 받은 일은 쉬 잊기 어려운데, 먹는 것이 아닌 이상 그 물건은 늘 주위에 있기 때문이다. 받는 이를 생각하며 선물을 고르고, 주는 이에게 "뭘 이런 걸 다"가 아닌 "고마워"라고 분명하게 전하는 것만이 중요하다는 생각이 든다.

　주고받는 일은 어렵다. 어려우니 값질 것이다. 초등학생 시절, 보낸 편지가 상대에게 잘 당도했을 때의 안도감을 기억한다. 답장을 기다리지 않은 것은 아니지만, 그저 내 마음을 전한 것만으로도 충분했다. 주는 것만으로 그저 기쁠 때, 받는 마음이 순수한 기꺼움일 때, 주고받는 일은 어렵지만 아름다워진다. (8월 11일)

시큰둥해지지 않기

"응." 긴 질문을 던졌을 때 짧은 답변을 들으면 때때로 당혹스럽다. 기대했던 것이 와르르 무너지는 느낌도 든다. "과일 좋아해요?" "네." "어떤 과일을 특히 좋아해요?" "다 비슷해요." 딸기와 수박과 단감과 귤이 순식간에 뭉뚱그려진다. 하나로 포괄된다기보다 개별성이 사라지는 순간이다. 시큰둥한 답변은 묻는 이의 적극성에 찬물을 끼얹는다. 철벽 방어 앞에서 대화의 맥은 끊길 수밖에 없다. 난데없이 바닥에 떨어진 과일만 맥락밖으로 데굴데굴 굴러간다.

시큰둥한 사람이 매력적으로 보일 때도 있었다. 겉과는 달리속은 따뜻할 것이라 믿었던 탓이다. '냉미남'이나 '차도녀'같은신조어는 아마 이런 세태를 반영했을 것이다. 세련됨과 자신만

만함을 갖춘 도시 사람은 왠지 비밀한 사연을 갖고 있는 듯 보이니 말이다. 그들의 쌀쌀맞은 태도는 스스로를 보호하기 위한 것으로 포장되고, 영화나 드라마 속에서는 꽤 긴 시간을 할애해 거기에 대한 이유를 설명한다. 그러나 현실은 다르다. 첫 만남이나 일회적인 만남에서 시큰둥함은 오해를 불러일으킨다. 호기심을 자극할 수도 있겠으나 많은 이가 이를 무례함으로 받아들일 것이다.

최근에 비비언 고닉이 쓴 『아무도 지켜보지 않지만 모두가 공연을 한다』(바다출판사, 2022)를 흥미롭게 읽었다. 1970년대 뉴욕과 2020년대 한국의 사정은 다르겠지만 소통은 그때나 지금이나 쉽지 않았던 모양이다. 그의 말마따나 "뉴욕은 마치 하나의 나라 같고 우리가 사는 동네는 도시 같아서" 아는 사람을 우연히 마주치면 반가움과 당황스러움이 동시에 고개를 든다. 차갑고 건조한 도시 분위기를 깨는 것은 역시나 따뜻한 말 한마디와 선의가 깃든 행동이다. 그는 걷고 웃고 말하고 싸우는 사람들 틈바구니에서 매일매일 공연을 보는 듯한 느낌에 사로잡힌다. 어두울수록 더 큰 존재감을 발휘하는 빛 한 점을 찾아 헤맨다.

다음 대목을 읽다가 머릿속에 불이 켜졌다. "친구 관계에는 두 종류가 있다. 하나는 서로에게서 활기를 얻는 관계고, 다른 하나는 활기찬 상태여야 만날 수 있는 관계다. 첫번째에 속하는 사람들은 함께 시간을 보내기 위해 방해물을 치운다. 두번째에 속하는 사람들은 일정표에서 빈 곳이 있는지 찾는다." 서로 활기를 얻는 관계에서는 시큰둥함이 존재할 리 없다. 함께 즐거워야 생기가 돌 테니 더 열심히 입과 귀를 열 것이다. 활기찬 상태여야 만날 수 있는 두번째 관계는 삐거덕거리는 순간을 감수해야 한다. 약속한 일시에 활기찬 상태가 아닐 때, 대화는 피상적으로 흐르다 불협화음을 자아낼지도 모른다.

시큰둥함은 성정이라기보다는 태도에 가깝다. 타고난 것이 아니므로 개선할 수 있다는 말이다. '시큰둥하다'의 첫번째 뜻은 "말이나 행동이 주제넘고 건방지다"인데, 이는 상대에게 여유로움이 아닌 명령이나 위협으로 다가올 수 있다. 이때의 시큰둥함은 행동(작용)이다. 행동하는 사람이 미연에 조절할 수 있다는 말이다. 두번째 뜻은 "달갑지 아니하거나 못마땅하여 시들하다"인데, 이때의 시큰둥함은 반응(반작용)에 가깝다. 그것은 말투나 목소리에 배어 있기도 하고 표정이나 기색으로 드러나기도 한다. 첫번째 뜻의 시큰둥한 사람과 두번째 뜻의 시큰둥한 사람이 만나면 상호 작용을 할 수 없을 것이다.

시큰둥한 사람은 일상에서 별 자극을 받지 않는다. 여간해선 주변을 신경쓰지도 않고 만남에서 굳이 대화거리를 찾아내려고도 하지 않는다. 자신의 의중을 상대가 알아서 파악해주기를 원할 뿐이다. 시큰둥한 태도가 지속되면 삶이 시큰둥해지는 것은 시간문제다. 좋은 일에도 기뻐하지 않고 슬픈 일에도 슬퍼하지 못하게 된다.

올가을의 목표 중 하나는 시큰둥함과 결별하는 것이다. 시큰둥함에 더이상 시큰둥하게 반응하지 않겠다. 어떤 상황에서도 결코 먼저 시큰둥해지지 않겠다. (9월 8일)

담을 넘고 사이로
파고드는 일

지난주 제11회 서울국제작가축제가 막을 내렸다. 축제의 대주제는 '월담'이었는데, 주제를 접하자마자 떠오른 것은 "담을 넘다"라는 의미였다. 축제 참가 섭외 전화를 받았을 때 산책하던 나는 주위를 올려다보며 막연히 어떤 담을 넘어야 하나 생각했다. 넘기 위해서는 먼저 담을 마주해야 했다. 우선하여 혐오와 차별, 부조리 등으로 켜켜이 쌓인 사회적인 담을 직면해야 했다. 아주 오래되고 굳건한 담, 혼자 힘으로는 꿈쩍도 하지 않는 담. 그 담 앞에서 고개가 서서히 수그러들었다.

개인적으로는 '경로 의존성path dependence'과 나태함이라는 이름의 담을 넘어야 했다. 쓰는 습관이 익숙해질 때쯤 어김없이 찾아오는 담인데, '이만하면 됐다'라는 생각이 들 때마다 아직 끝나지 않았다고 머릿속에서 기분 나쁜 종소리가 울리는 것이다. 그 소리에 맞춰 머릿속에 재빨리 담이 세워진다. 그럴 때면 '연상聯想'이 아직 끝나지 않았을 수도 있겠다, 시는, 이야기는 이제 겨우 시작되었을 수도 있겠다고 생각한다. 사회적인 담과 개인적인 담이 내게 무엇을, 어떻게 쓸 것인지 계속 떠올리게 하는 셈이다.

자연스럽게 "이야기 너머"를 가리키는 월담越談에까지 가닿았다. 문제는 이야기 너머를 상상하기 위해 또다시 이야기를 소환해야 했다는 점이다. 누구에게나 있는 이야기, 그러나 아무도 선뜻 나서서 하지 않는 이야기, 어디에나 있어서 누구나 공감할 수 있지만 그래서 특별하지는 않은 이야기, 인류가 등장한 이후 중단된 적 없이 여기저기서 쌓여왔던 이야기…… 이야기 너머에는 교훈이나 깨달음이 있는 게 아니라 또다른 이야기가 있었다. 내가 지금껏 써왔던 이야기와 앞으로 쓸 이야기도 어딘가 있을 것이다.

'월담'에서 "달에 대한 이야기"를 떠올리다 걸음을 멈추었다. 너무 멀리 갔다고 생각하면 산책이 여행이 되어버리니 말이다. 나는 방금 '사이'에 있다가 온 것 같다고 느낀다. '월담'이라는 말을 비집고 들어가 단어와 단어 사이, 이야기와 이야기 사이를 횡단했다. 누군가는 딴생각이나 잡념, 혹은 공상空想이라고 할 테지만, 내겐 걸으며 몸을 쓰고 연상하며 머리를 쓰는 시간이다. 둘 다 결과를 바로 알 수 없다는 공통점이 있다. 산책 후 이전보다 건강해졌다고 느끼긴 힘들고 연상 후 바로 뭔가를 쓸 수 있다고 믿기는 어렵다.

한국어에는 '사이좋다'라는 단어가 있다. '사이나쁘다'라는 단어는 따로 없다. '사이좋다'라는 단어는 둘 이상의 존재를 가리킬 때 흔히 사용되는데, 나는 그 사이로 들어가보는 걸 좋아한다. '하늘'과 자주 짝을 짓는 '높다'나 '푸르다' 말고 다른 단어를 떠올리려 애쓴다. 발명이나 발견이라기보다는 '발생'에 더 가까운 노력이다. 자주 실패하고 간혹 성공한다. 말의 질서가 견고하니 말이다. '하늘이 낮을 때도 있지 않나? 푸르다는 말은 저 다양한 하늘빛을 포괄하지 못하지 않나? 하늘로 올라가지 않고 내려가는 존재는 없을까?' 언뜻 무용하게 보이는 질문이 꼬리에 꼬리를 문다. 나는 심신을 움직여 담을 넘고 사이로 파고든다.

흔히 담을 넘는 일에는 저기로 향하겠다는 용기가 필요하다고 여겨지는데, 그것만큼 중요한 것은 다정함이다. 여기와 저기 사이에 기꺼이 몸담겠다는 마음 말이다. 올가 토카르추크의 노벨문학상 수상 기념 강연록 「다정한 서술자」(『다정한 서술자』, 민음사, 2022)를 읽고 반가웠던 이유다. 한 대목을 옮긴다. "다정함이란 대상을 의인화해서 바라보고, 감정을 공유하고, 끊임없이 나와 닮은 점을 찾아낼 줄 아는 기술입니다." 그렇다. 우리는 감정을 공유하기 위해 담을 넘고 나와 닮은 점을 찾아내기 위해 사이로 들어간다.

흔흔히 담을 넘고 사이로 파고드는 일, 그것이 내겐 글쓰기다. 어쩌면 사이좋기가 쉽지 않아서 '사이좋다'라는 단어가 생긴 것은 아닐까? (10월 6일)

애도의 방식

 이태원 참사 이후, 하루에도 몇 번씩 그날을 떠올린다. 그사이 이태원과 서울광장에는 '이태원 사고 사망자 합동분향소'가 설치되었는데, 이름을 보고 고개를 갸웃했다. '사고'와 '사망자'는 책임을 미루고 지우는 단어다. 사고는 "뜻밖에 일어난 불행한 일"을 가리키는데, 이는 뜻밖에 일어났기에 손쓸 수 없었음을 은연중에 드러낸다. 사망자 또한 "죽은 사람"이라는 의미를 내세움으로써 죽음을 단순화시킨다. 그러나 사고가 아닌 참사다. 사망자가 아닌 희생자다. 천재天災가 아닌 인재人災다. 애통하다. 참담하다. 참사 당시, 국가는 대체 어디에 있었는가. 국가는 왜 책임을 다하지 않았는가.
 희생자들의 빈소가 마련되기도 전, 대대적인 온라인 여론전이 이루어졌다. 핼러윈은 외국 전통이 상업적으로 변질돼 청춘의 방종을 부추기는 날이고 상인들이 이를 돈벌이 기회로 삼았다는 것이다. 안전 불감증, 유명인의 출현, 사고 후에도 춤과 음악이 멈추지 않았다는 증언, 대여섯 명의 남성이 밀라고 소리쳤다는 소문 등 참사와 관련한 이야기들이 앞다투어 쏟아져 나왔다. 이 이야기들에는 공통점이 있다. 바로 개인에게 책임이 있음을 시사한다는 것. 핼러윈에 이태원을 찾고 술 마시며 놀다 이성을 잃은 그들에게 말이다. 뭔가 익숙하지 않은가? 세월호 참사 당시, 희생당한 아이들이 '수학여행' 가는 길이었음을 강조했던 이들이 있었다.

참사 당일, 실제로 112에 수차례나 신고가 접수되었다. 최초 신고자의 말에는 "압사당할 것 같다"라는 표현이 등장한다. 그렇다. 참사 다음날 현장을 찾은 대통령이 "압사?"라고 반문했던 그 단어 말이다. 현장에 있었던 것은 '공백'과 '부재'였다. 공권력의 공백과 안전할 권리의 부재. 공권력에는 혼잡이 예상되는 도로를 통제할 권리, 대규모 군중이 무사하도록 치안 유지에 힘써야 할 의무 등이 포함된다. 이것이 제대로 수행되지 않으면 상황은 위태로워진다. 그날, 질서를 유지함으로써 사람들의 안전과 생명을 지켜줄 정부는 없었다. 국민은 국가로부터 보호

받지 못했다.

　정부는 11월 5일까지를 '국가 애도 기간'으로 정했다. 해당 기간에는 모든 공공기관에서 조기를 계양하고 애도를 의미하는 리본을 패용하게 된다. "글씨 없는 검은색 리본으로 착용하라"는 공문이 왔다고 하는데, 이 때문에 '근조謹弔'라는 단어에 담긴 무게가 사라지고 말았다. 무엇보다 애도는 강요하거나 종용할 수 있는 성질의 것이 아니다. 국가가 나서서 만든 애도 기간은 국민을 오히려 혼란스럽게 만들었다. 지난 며칠 사이, 온라인 지식 나눔 공간에 올라온 질문들을 보라. "국가 애도 기간이 뭔가요? 그 기간에는 출근하지 않는 건가요? 시민들에게 금지되는 행동이 있나요?"

　비단 '국가 애도 기간'이 아니더라도 국민은 각자의 자리에서 애도했을 것이다. 애도의 시작과 끝은 정할 수 없다. 우리는 여전히 세월호 참사를 기억하고 노란 리본을 가지고 다닌다. 애도의 방식 또한 사람마다 다르다. 분향소에 가서 헌화하는 이도 있고 자신의 자리에서 조용히 기도하는 이도 있다. 슬픔과 분노와 무기력 상태를 오가며 어떻게든 일상을 지키려 한다.

　애도의 과정에는 진심 어린 사과를 전하는 일 또한 포함되어야 하는데, 참사 이후 책임을 지려는 사람은 없었다. 유감을 전달하면서도 과오는 인정하지 않았다. 사흘. 정부와 지자체가 사과를 결심하기까지 걸린 시간이다. 대통령과 대통령실은 아직도 묵묵부답이다. 지난 8월 17일, 취임 100일을 맞아 시행된 기자회견에서 대통령은 이렇게 말한 바 있다. "국민 안전은 국가의 무한책임입니다. 국민들께서 안심하실 때까지, 끝까지 챙기겠습니다." 이태원 참사는 국가가 책임을 다하지 않아 일어났다.

애통과 참담 사이에서 지치지 않고 책임을 묻는 것, 이것이 나의 애도 방식이다. (11월 3일)

어두워질 줄 알기

"아, 정말 밝다." 자정이 다 되었을 무렵이었다. 밤늦게 일이 있어 번화가에 있었는데, 나도 모르게 저 말이 튀어나왔다. 도무지 시간을 가늠할 수 없는 밝기였다. 밤하늘에 달이 떠 있지 않았더라면, 밤이라는 자명한 사실마저 의심했을 것이다. "심지어 낮보다 더 밝은 것 같아." 인공조명 사이를 거닐며 친구가 말했다. 그는 빛에 민감해서 잠자리에 들 때면 암막 커튼을 친다고 했다. "내가 사는 곳은 밤에도 너무 밝거든."

비슷한 시기, 운명처럼 아네테 크룹베네슈의 『우리의 밤은 너무 밝다』(시공사, 2021)를 읽었다. 저자는 빛 공해의 원인을 밝히고 그것이 인간과 자연환경에 미치는 영향에 관해 이야기한다. 책을 다 읽고 '밤에도 밝으면 좋은 게 아닐까?'라는 생각이 얼마나 순진했는지 깨달았다. 무수한 인공조명 때문에 식물도, 그 식물의 수분을 도와주는 곤충도, 밤에 이동하는 철새도 제 역할을 하지 못하거나 혼란에 빠져 본래의 생체 리듬을 잃어버린다는 사실도 처음 알았다.

인간 또한 마찬가지다. 대한민국은 빛 공해 노출 면적이 전 세계에서 두번째로 넓다고 한다. 늦게 잠자고 깊이 잠들지 못하는 현상에 빛이 한몫하고 있는 셈이다. 자연을 거스르는 일이 인간의 삶에 악영향을 미치고 있지만, 밝음은 여전히 편리의 한 형태로 인식되고 있다. 빛이라는 단어 또한 주로 긍정적인 의미로 사용된다. 어두운 거리를 실족의 위험 없이 걸어다닐 수 있는 것도 빛 덕분이다. 동시에 어둠 속에서 빛을 밝히는 일은 절망적인 상황에서 희망을 찾는 일처럼 여겨진다.

불야성不夜城은 더이상 고유명사가 아니다. 어딜 가든 밝고 뜨겁다. 도심에서 밤은 밤다울 수 없다. 저자는 "우리의 세계는 점점 더 밝아지고 있다. 우리는 더 적은 에너지로 같은 양의 빛을 생산해내는 대신, 같은 양의 에너지로 더 많은 빛을 만들어내고 있다. 기후 변화를 멈추지도 못하면서 밤의 어둠을 지워버리고 우리의 세계를 망가뜨리고 있다"라고 쓴다. 더 밝을 필요가 없음에도 부富와 문명의 과시를 위해 빛이 남용되고 있다는 것이다. "밤에 충실하라Carpe Noctem!"라는 그의 말은 아름다움 속에 감춰진 빛의 이면을 바라보게 해준다.

문득 나희덕 시인의 시 「어두워진다는 것」이 떠올랐다. 이 시는 "그토록 오래 서 있었던 뼈와 살/비로소 아프기 시작하고/가만, 가만, 가만히/금이 간 갈비뼈를 혼자 쓰다듬는 저녁"이라는 구절로 끝난다. 오래, 비로소, 가만히, 혼자…… 어둠을 긍정하는 일은 시간을 내 쪽으로 끌어당기는 일일지도 모른다. 어둠은 고요하고 차분한 상태로 나를 이끌어준다. 하루를 정리하며 스스로 들여다보는 시간이 밤인 이유도 어둠 덕분일 것이다. 바깥의 열기와 흥분은 어둠 속에서 내일을 살 수 있는 에너지로 변환된다.

한 해가 저물고 있다. 저문다는 말에는 어두워진다는 의미가 담겨 있다. 날이 저물고 밤이 찾아오는 일처럼 한 해가 저물고 새해가 찾아오는 일 또한 자연스러워야 할 것이다. 밤에 생활하는 이들을 위해 거리에 가로등은 필요할 테지만, 밝음이 지나쳐 어둠을 해쳐서는 안 된다. 밤은 밤 나름의 역할을 다하고 있을 텐데, 인위적으로 자연을 바꾸려는 시도는 인류에게 부메랑이 되어 날아들지도 모른다.

예전에는 스스로 빛을 발하는 사람이 되고 싶었다. 어둠 속에서도 어떻게든 빛을 밝히는 사람을 멀찌감치서 동경했다. 다가오는 새해, 나는 어둠을 어둠 그대로 긍정하는 사람이 되고 싶다. 더 오래 더 늦게까지 머무는 사람이 아닌, 때맞춰 자발적으로 어두워질 줄 아는 사람이 되고 싶다. 빛이 넘칠 때는 한줄기 빛살이 얼마나 소중한지 모를 테니, 이는 어둠의 미덕을 발견하는 일이기도 할 것이다.

저물지 않으면 해는 다시 떠오르지 못한다. (12월 1일)

그런데도 희망

세밑이다. 평온하고 조용하면 좋으련만 춥고 어수선한 시기를 지나고 있다. 날씨 때문만은 아니다. 해결되지 않은 일과 해소되지 않은 감정에 둘러싸여 있어서다. 시원하게 소리치고 싶지만 목소리는 너무 작고 그 목소리는 위정자들에게 가닿지 못할 것이다. 기대를 안 했기에 실망하지 않을 것 같지만, 속을 들추어보면 이는 학습된 무기력에 가깝다. 눈 감고 귀 막은 사람들에게 의견이 전달될 리 없다고 믿기 때문이다.

학습된 무기력이 만들어낸 믿음은 행동으로 연결되지 않는다. 이 믿음은 애초에 되는 쪽이 아닌 되지 않는 쪽을 지향하고 있기 때문이다. 변화할 수 없다고 여기기에 아무것도 바라지 않게 된다. 얼핏 허약한 믿음인 듯 보이지만, 만성적 상태로 자리잡을 가능성이 크다. 더이상 뉴스를 보지 않고 정치에 관심을 두지 않는 사람은 기대하기를 포기한 사람이기도 하다. 그러나 관성에 휘둘리는 삶은 '사는 것'이 아닌 '살아지는 것'에 더 가깝다.

언젠가부터 포털에 들어가기가 두렵다. 속보의 생명은 빨리 알리는 데 있다고는 하나, 정제되지 않은 말들이 사방팔방에 난무한다. 자극적인 제목의 머리기사를 클릭하고 나면 격정에 사로잡히는 건 시간문제다. 댓글을 하나하나 읽다보면 급속도로 피로해진다. 기사에 등장하는 인물도, 그것에 말을 보태는 이들도 책임을 추궁하고 떠넘기고 자신의 소관이 아니라고 잡아떼는 데 혈안이 되어 있다. 속이 타고 애가 끓는다.

두 눈을 부릅뜨고 훑어봐도 희소식을 찾기란 여간 어려운 것이 아니다. 매일 들려오는 소식은 온통 편 가르기와 책임 회피에 대한 것이다. 잘잘못을 따질 때조차 '잘'만 취하려 하지 '잘못'을 인정하고 끌어안는 모습은 보이지 않는다. 얼마 전에는 신년 특별사면이 이루어진다는 기사를 읽고 '국민 통합'의 국민과 '국민 여론'의 국민은 다른 것일까 생각했다. 변명으로 일관하고 책임을 전가하던 이들이 사면되고 복권되기에 이른 것이다. 냉소를 머금는 것은 이런 상황을 견딜 수 있는 유일한 방편처럼 느껴진다.

학습된 무기력과 냉소 쪽으로 마음이 기울 때마다 정신을 다
잡기 위해 찬물로 세수한다. 학습된 무기력 앞에서는 학습된
거짓말이 판을 칠 것이다. 어차피 '그러려니'의 마음으로 세상
일을 받아들이게 될 것임을, 알면서도 속을 것임을 그들은 잘
알기 때문이다. 반면, 냉소로 무장한 이에게는 믿음이 들어설
자리가 없다. 공감이 필요할 때 콧방귀를 뀌고 이해가 절실할
때 습관적으로 외면할 것이다. 눈 감고 귀 막은 사람들 앞에서
우리까지 덩달아 눈 감고 귀 막아서는 안 된다. 변화만 요원해
질 뿐이다.

그런데도 희망을 생각한다. 그럼에도 불구하고 나아질 수
있을 것이라 믿는다. 녹사평역 광장에 마련된 이태원 참사 합
동분향소에 다녀온 날, 시민들의 흔적을 바라보며 희망을 떠올
렸다. 종종 이 단어를 힘주어 말하곤 하지만, '그것이 있을까,
과연 어디에 있을까' 자조한 것도 사실이다. 그날은 바람이 매
섭게 불었다. 유가족분들과 자원봉사자분들의 얼굴에는 핏기
도, 웃음기도 없었다. 현장에는 절망과 상심이 가득했으나 끊
임없이 찾아오는 시민들 덕분에 온기가 피어났다. 고개 숙여
인사를 건넸을 뿐인데 뭔가가 꿈틀하는 것이 느껴졌다. 움직

여야 희망을 찾을 수 있다는 당연한 사실을 생생히 체감한 날이었다.

2023년 다이어리를 펼친다. 첫 페이지에 꾹꾹 눌러 적는다. 그런데도 희망. 그럼에도 불구하고 희망. 미국 작가 어슐러 K. 르 귄이 생전에 했던 말을 곱씹는다. "저에게 이야기가 무엇을 다루냐고 묻는다면, 변화라고 하겠어요." 희망을 품을 때, 그것을 시시로 곳곳에 드러나게 할 때 비로소 변화가 있을 것이다. 다가오는 검은 토끼의 해, '그런데도'와 '그럼에도 불구하고'를 품고 각자의 자리에서 쓰일 이야기를, 그 이야기가 불러올 변화를 기다린다. (12월 29일)

2023

작심삼백육십오일

새해에는 결심하게 된다. 작년에 미진한 느낌으로 남았던 일을 기필코 완수하겠다는 마음, 작년에도 실패한 금연을 올해는 성공하겠다는 마음, 아무리 바빠도 주변을 챙기겠다는 마음 등 어느 것 하나 소중하지 않은 게 없다. 미련을 해소하고 새 뜻을 펼치기 위하여, 결심은 보통 '하겠다'나 '하지 않겠다' 형태로 서게 마련이다. 어떤 것을 하겠다는 마음은 다른 어떤 것을 하지 않겠다는 마음과 맞닿아 있다. 예컨대 헤어질 결심은 만나지 않을 결심이기도 하다. 굳은 결심은 일상에서 작심作心으로 뿌리내린다.

새해와 가장 가까운 사자성어는 복을 비는 인사말 '근하신년 謹賀新年'일 것이다. 삼가 새해를 축하하는 마음으로 우리는 서로의 안부를 빈다. 그다음으로 가까운 것은 '작심삼일作心三日'일 텐데, 이는 우리에게서 나로 돌아온 사람이 이맘때쯤 어김없이 떠올리는 것이기도 하다. 하겠다는 의욕만 앞서면 얼마 지나지 않아 작심은 맥없이 풀어지고 만다. 결심의 취약성 때문이기도 하지만 목표가 너무 커다래서이기도 하다. 금연, 일기 쓰기, 매일 삼십 분 이상 운동하기 등 어떤 목표는 달성 여부가 하루 만에 판가름 나기도 한다.

음력설과 3월 1일 등 몇몇 안전장치가 있지만, 결심이 결실로 연결되지 못하면 좌절감이 찾아온다. 자기부정으로 괴로워하다가 모른 척하거나 책임 전가하기 등을 통해 정신 승리를 거두고 나면, 처음의 결심이 가물가물해진다. 그쯤 되면 또다시 생의 관성에 심신을 맡기고 살 공산이 크다. 그렇다고 해서 '안 하기'보다는 '줄이기', '반드시 하기'보다는 '되도록 하기' 등 현실적인 목표를 세우면 어쩐지 비겁해진 것 같은 기분이 든다. 내 능력과 의지를 스스로 평가 절하했다는 생각에 우울해지기도 한다.

연말연시에 오성은의 첫 소설집 『되겠다는 마음』(은행나무, 2022)을 읽으며 '하겠다는 마음'이 '되겠다는 마음'으로 바뀌는 일에 대해 생각했다. 각 단편에는 폐선을 이끌고 바다에 나가는 노인, 남아서 소중한 이를 기다리는 사람들, 현실과 이상 사이에서 갈팡질팡하는 남자, 가방 안에 무언가를 집어넣음으로써 자신의 갈증을 해소하는 사람이 등장한다. 창고가 되겠다고 선언하는 아내 앞에서 그렇다면 자신은 라디오가 되겠다고 대꾸하는 남편도 있다. 얼핏 무기력하거나 무모해 보이는 이들은 다들 뭔가를 꿈꾸고 있다. 잠잠한 수면 아래 우리가 알지 못하는 무수한 일들이 벌어지고 있듯, 되지 못한 이들은 될 때까지 포기하지 않는다.

되겠다는 마음의 중심에는 간절함이 있다. 언뜻 '하다'보다 '되다'는 더 거창한 듯하지만, 되는 일은 칼로 무 자르듯 명확히 구분할 수 없는 경우도 많다. 과학자가 되는 일보다는 과학을 사랑하는 사람이 되는 일이, 과학을 사랑하는 사람이 되는 일보다는 과학과 한 발짝 가까워지는 사람이 되는 일이 쉽다. 쉽지만 그것을 눈으로 확인하기는 쉽지 않다. 되지 않았기에 늘 도정道程에 있을 수 있다. 유예하는 것이 아니라 느긋해지는 것이다. 삶은 성공과 실패로 간단히 나눌 수 있지 않다. 되겠다고 마음먹으면 "하면 된다"라는 말이 다른 방식으로 해석될 수도 있을 것이다.

성공을 가능케 해준 행운, 실패 속에 있던 작은 성취 같은 것을 생각하다 다음 문장을 만났다. 엘렌 식수의 『아야이! 문학의 비명』(워크룸프레스, 2022)을 읽던 중이었다. "상실 안에 구원이 있고, 불행 중 행복이 있을지니, 시인들은 모두 이 준엄하고 가혹한 진실을 꽤 일찍 발견한다." 어쩌면 되겠다는 마음은 하는 데까지 나아가는 마음일지도 모른다. 아무리 지키려고 해도 별수 없이 잃는 것들이 있을 것이다. 상실로 끝나지 않고 그리움으로 다시 태어나는 것도 있을 것이다. 이것들을 온몸으로 통과하며 아직 되는 과정임을 깨닫곤 할 것이다.

계묘년, 되겠다는 마음을 갖고 살면 작심삼일이 작심삼백육십오일이 되지 않을까. (1월 26일)

제대로 번복하고
반복하기

뉴스를 볼 때마다 힘이 빠진다. "그 말이 아니고"를 전달하는 기사들을 읽노라면, 정치인은 '번복'에 능해야겠다는 생각이 든다. '그 말'이 난데없이 '이 말'로 둔갑하기도 하고 '전면 반대'라는 입장이 '유보'로 변동되기도 한다. 그때의 그 말이 아예 없었다고 잡아떼는 일은 물론, '전면 반대'라는 입장은 와전되었다고 주장하기도 한다. 실시간으로 뒤집히는 진술과 방침 때문에 무기력이 부표처럼 떠다닌다. 국민을 상대로 간을 보는 것 같아 울화통이 치민다. 틀리면 바로잡는 게 옳겠으나, 핑계를 위한 핑계만 양산한다는 혐의가 짙다. 번복은 은닉을 위해 반복되고, 거듭되는 반복은 습관으로 자리잡는다.

반복의 힘은 무섭다. 운동선수가 국제무대에서 제 기량을 발휘할 수 있는 것도, 시선을 딴 데 두고 콩나물을 다듬을 수 있는 것도 다 반복의 힘 덕분이다. 무언가를 반복하면 능숙해진다. 으레 하던 일을 다시 할 적에 든든한 지원군처럼 자신감과 안정감이 뒤따른다. 좋은 쪽으로만 힘이 발휘되는 것은 아니다. 약속 시간마다 몇 분씩 늦는 습관이 언젠가 제시간에 출발하는 열차를 놓치게 할지도 모른다. 거짓말이 반복되고 그것을 운 좋게 들키지 않으면 남을 속이는 일에 하등의 부끄러움이나 죄책감을 느끼지 않게 된다. 관행이라고 부르는 많은 것이 여기에 속할 것이다. 염치없는 줄 알지 못한 채 갈수록 뻔뻔해지게 된다.

지난 며칠 몸이 좋지 않아 산책하지 못했다. 잠시 걷기를 멈추었는데도 다시 걸으려고 보니 몸이 생각대로 잘 움직이지 않았다. 고작 사흘이었는데 그새 리듬이 깨져버린 것이다. 바쁘다는 핑계로 얼마간 책을 읽지 않았는데, 다시 펼친 책이 눈에 잘 들어오지 않았다. 겨우 일주일이었는데 눈이 따라가는 문장을 머리가 받아들이지 못했다. 한동안 시를 쓰지 않았는데, 모처럼 마음먹고 백지를 마주하니 감감하고 막막했다. 기껏해야한 달이었는데 쓰는 법을 잊어버린 사람처럼 갈팡질팡했다. 어느 날엔 오랜만에 만난 친구와의 대화가 툭툭 끊겨 당황했다.

넉넉잡아 일 년이었는데 무엇이 그토록 우리를 멀어지게 한 것일까 생각하니 아찔했다.

반복하지 않으면 심신은 금세 본래의 자리로 돌아가고 만다. 어떤 일을 하는 심신은 반복함으로써 겨우 만들어지지만, 편한 상태를 지향하는 심신은 번복하듯 그것을 뒤엎어버린다. 아무리 그럴듯한 핑계를 대도 몸은 거짓말을 하지 않는다. 자극받기 위해 안간힘을 써도 굳어버린 마음은 미동조차 하지 않는다. 반복하지 않아 이전 상태를 벗어났을 때, 반복의 힘은 역설적으로 더 절실해진다. 하루면 리듬을 되찾는 일도 있지만, 보통은 원래 들였던 노력보다 더 많은 힘을 쏟아부어야 한다. 걷기와 읽기와 쓰기와 듣기와 말하기, 일과를 가득 채우던 행위가 생경하게 느껴지는 것도 이상한 일이 아니다.

올해 초부터 작성한 메모를 들여다본다. 깨알같이 적힌 낱말과 문장 사이를 파고들다보니 그때 나를 자극했던 풍경이 슬며시 눈앞에 펼쳐진다. 메모하기 시작하는 습관은 오래전에 만들어진 것이다. 번뜩이는 아이디어가 떠올라 뛸 듯이 기뻐했는데, 다음날 보니 빛은 사라지고 없었다. 기록하지 않으면 기억은 휘발될 수밖에 없음을 깨달은 날이었다. 메모장마저도 4월 들어서는 구멍이 숭숭 나 있다. 나 자신을 속이고 있다는 생각이 들었다. 제대로 번복하고 반복해야 한다. 잘못된 것을 바로 잡고, 심신을 다잡아야 한다.

고대 그리스 철학자 아리스토텔레스는 이렇게 말했다. "당신의 진정한 모습은 당신이 반복적으로 행하는 행위의 축적물이다. 탁월함이란 하나의 사건이 아니라 습성인 것이다." 나에게 가까워지기 위해서라도 반복하지 않으면 안 된다. 실수하면 번복하고 묵묵히 반복해야 한다. 탁월해지기 위해서가 아니다. 스스로 부끄럽지 않기 위해서다. 삶 앞에서 탁월한 거짓말쟁이가 되는 일은 얼마나 끔찍한가. (4월 20일)

다시 없는 오늘,
다시없을 오늘

오 년 만에 시집이 나왔다. 책이 나오기 직전과 나온 직후에
는 글쓰기가 유독 어렵다. 처음에는 새 책이 나온다는 데서 오
는 희열과 나왔다는 데서 오는 흥분 때문인 줄 알았다. 희열을
잠재우고 흥분을 가라앉히면 뭐라도 한 줄 쓸 수 있을 것이라
믿었다. 격양의 빛을 한시라도 빨리 사라지게 해야 했다. 여느
때처럼 산책하고 메모하고 가만히 상념에 잠기는 시간을 가졌
다. 루틴을 지켜야만 쓰는 몸과 쓰려는 마음이 돌아올 수 있을
것 같았다.

그날 결국 글을 쓰지 못했다. 단 한 문장도 완성하지 못했다.
머릿속을 맴도는 단어들이 서로를 밀쳐냈다. 엉기지 않으면 단
어는 말 그대로 '홑'으로 존재해야 한다. 간혹 하나의 단어만으

160

로 충분할 때도 있지만, 대부분은 삶의 맥락에서 맥없이 튕겨나가고 만다. 여름 이야기를 하는데 갑자기 "눈!"이라고 외치는 것처럼 어처구니없고, 시간을 묻는 말에 장소로 답하는 것처럼 어리둥절하다. 의미가 사라진 자리에서는, 말하는 사람도 듣는 사람도 가뭇없어진다.

그럴 때면 몸안에 있는 것들이 몽땅 빠져나간 사람이 떠오른다. 앎과 기억이 백지상태가 되어 처음부터 다시 익혀야 하는 사람. 말을 배우고 걸음마를 시작하듯, 자음과 모음을 결합하고 왼발을 내디딘 힘으로 오른발을 이끌지 않으면 안 된다. '어마어마한 것'이 어느새 눈앞의 엄마가 되고 "아파!"라고 외치다 곁에 있는 아빠를 발견한 것처럼, 한껏 천진해져야 한다. 흙을 모아 겹을 만드는 일을 묵묵히 수행해야 한다.

시집의 제목은 『없음의 대명사』다. 아무것도 쓰지 못하는 지금의 내 상태를 정조준한 제목 같기도 해서 웃음이 나온다. 말 없음이 사연 없음이 되고, 이것이 기어코 쓸 수 없음의 상태로 연결될 때면 난감하다. 대명사는 또 어떤가. 명사를 대신하는 것이지만, 이는 우리가 특정 명사가 생각나지 않을 때면 입버릇처럼 소환하는 것이 아닌가. '그것'을 호명하며 상대가 알아주기를 바라고 '우리'라고 말하면서 알게 모르게 힘을 얻으려고 하지 않는가. 서로가 생각하는 '그것'이 불일치하고 '우리'에 나 자신이 속하지 못한다고 느낄 때면 틀림없이 힘없어진다. 현장에서 한없이 멀어지는 기분이 든다.

대명사는 또한 어떤 속성을 대표적으로 나타내는 것을 비유적으로 이르는 말이기도 하다. 요리의 대명사, 절약의 대명사, 웃음의 대명사 등 주변에 대명사가 즐비하다. 그런데 나를 대신하는 것이 가능할까. 무수한 역할을 실천하며 나는 나를 대신하고 있는 것일까. 대명사로 일컬어질 때 혹여 나의 성정이 간과되고 본뜻이 오해되지는 않을까. 답답한 마음에 "없다"라고 말해본다. 헛헛하다. 없으니까 있기를 바라는 것일까. 없음은 한때는 있었음을 가리키는 것일까. 한때가 이미 지나가서 지금 그것을 애타게 그리워하는 것일까.

울며 겨자 먹기로 한 문장을 쓴다. 다음 문장을 쓴다. 다음 문장이 다다음 문장을 끌고 오기를 기다린다. 조바심이 난다. 다시 보니 처음 쓴 문장이 마음에 들지 않는다. 마음에 들지 않는 것은 둘째치고라도 말이 되지 않는다. 기껏 써놓은 문장들을 지운다. 쓸 때는 그렇게 오래 걸리더니 지울 때는 한순간이다. 인정사정없음이다. 온데간데없음이다. 한동안 이렇게 헤맬 수밖에 없을 것이다. 오늘은 실패했구나, 오늘도 실패하고 말았구나 한탄하며 이 시기를 말없이 건너가야 할 것이다.

없음이 들어가는 말 중 내가 가장 좋아하는 것은 '다시없음'이다. '다시없다'라는 단어는 "그보다 더 나은 것이 없다"라는 뜻이다. "오늘이 다시 없다"라고 말할 때 오늘은 고유한 날이 되지만, "오늘이 다시없다"라고 말할 때 오늘은 최고의 날로 변모한다. 없는 상태에서는 있었던 상태가 더욱 생생해진다. 오늘을 살면서 오늘이 명백해지는 것처럼. 한 글자도 못 쓴 오늘조차 다시 없어서 절박하고, 다시없어서 소중하다. (5월 18일)

물불 가리지 않기

　물을 마실 때마다 불을 생각한다. 불을 피울 때마다 물을 떠올린다. 물과 불, 이름은 비슷하나 성질은 전혀 다른 두 물질 말이다. 불 위에 물을 올려두고 끓이다보면 불의 힘이 불끈 솟는 게 느껴진다. 타오르는 불에 물을 끼얹는 장면을 보면, 끓어오르는 것을 잠재우는 물의 위력에 새삼 놀란다. 4월이면 반사적으로 떠오르는 세월호 참사와 최근 캐나다 동부에서 서부로 확산한 산불 소식을 굳이 언급하지 않더라도, 물과 불의 위험성을 종종 깨닫곤 한다. 사람이 사는 데 필수불가결하지만, 이것들은 언제든 인류를 위협할 수 있다.

　얼마 전, 각기 다른 자리에서 불같은 사람과 물 같은 사람을 만났다. 불같은 사람은 들고일어나는 사람이다. 정열, 용맹, 투

지처럼 뜨겁고 강렬할 때 지지받는 불같음도 있으나, 질투심, 욕망, 성미처럼 뜨거워질수록 자신과 주변인을 위협에 빠뜨리는 불같음도 있다. 불같은 사람은 자신이 있는 자리를 흥분과 열정으로 달아오르게 한다. 이글이글 타오르는 눈빛에 영향받지 않을 도리가 없다. 다만 그 불이 예기치 않게 꺼지고 말았을 때, 우리는 잿더미 위에 웅크린 사람을 마주해야 한다. 부싯돌 같은 손길을 기다리는 간절한 눈빛 앞에서, 여전히 그를 불같은 사람이라고 부를 수 있을까.

물 같은 사람은 마냥 유순할 것 같지만, 때때로 넘쳐흐르거나 말라버리기도 한다. 범람과 고갈 사이의 상태를 항상 유지하는 것은 생각처럼 쉽지 않다. 불이 물을 끓이기도 하지만 증발시키기도 하듯, 사람들 틈 속으로 파고들고 스며들며 물 같은 사람은 본래의 성질을 잃을지도 모른다. 물 흐르듯 할 적에는 거침없어도 물 건너가면 손쓸 수 없어진다. 물이 오를 때는 신나지만 물이 빠질 때는 한없이 처연해지기도 한다. 사회 물을 먹고 불순해지기도 하고 외국 물에 길든 나머지 본류本流를 잊기도 한다. 액체 상태이기는 해도 처음의 물과는 전혀 다른 상태가 되었을 때, 변함없이 그를 물 같은 사람이라고 불러도 될까.

'물과 불'은 서로 용납하지 못하거나 맞서는 상태를 가리키기도 한다. '물불'은 비유적으로 어려움이나 위험을 이르기도 한다. 물불 가리지 않는다는 말은 "위험이나 곤란을 고려하지 않고 막무가내로 행동하다"라는 뜻이다. 불같은 사람 둘이 만나면 협심하여 어떤 일을 거침없이 밀어붙일지도 모르지만, 그 과정에서 중요한 것을 놓치거나 빠뜨릴 수도 있다. 물 같은 사람 둘이 만나면 서로 배려하며 한 발 한 발 나아갈 수도 있지만, 상대에 의지하는 데 익숙한 나머지 촌각을 다투는 결정 앞에서 머뭇거릴지도 모른다. 어느 경우든 '물불'을 피할 수 없을 것이다.

한때 나는 물은 물끼리 어울리고 불은 불과 만나는 게 좋다고 생각했었다. 그러나 이는 어쩌면 우물이나 불길에 자신을 가두는 일일지도 모른다. 편한 상태에 길드는 일은 관성에 젖는 것이기도 하니 말이다. 우물이 깊다고, 불길이 뜨겁다고 마냥 좋아할 일이 아니다. 다른 우물에는 무엇이 있는지, 불길 밖의 온도는 어떤지 헤아리지 않으면 자신이 몸담은 세계가 전부인 줄 알게 된다. 잠자고 있던 열정을 달구기 위해, 북받쳐오르는 흥분을 가라앉히기 위해 물은 불을, 불은 물을 부단히 만나지 않으면 안 된다. 이 만남은 세상에 나와 다른 성질을 지닌 사람이 존재함을 깨닫는 과정이자 그와 어떻게 하면 어울릴 수 있을지 고민하는 길이기도 하다.

물불 가리지 않는다는 말을 이렇게 풀이해본다. 당장은 맞지 않아도 다양한 사람을 경험하기, 내 입맛에 맞는 것이 아닌 그 상황에 걸맞은 것을 찾아보기, 회피의 자리에 직면을, '어쩔 수 없이'의 자리에 '기꺼이'를 두기. 가열과 증발과 소화消火를 오가는 동안, 물이 수증기가 되기도 하고 불이 재가 되기도 할 것이다. 이 또한 물불 가리지 않았기에 마주할 수 있는 새로운 풍경이다. (6월 15일)

위로는 노크다

"힘들었겠다." 이 말을 듣는데 기다렸다는 듯 눈물이 난 적이 있다. 단순히 내가 힘들었다는 사실을 알아주어서는 아닐 것이다. "괜찮을 거야"나 "나아질 거야"처럼 무책임한 낙관과 동떨어진 말이어서도 아닐 것이다. 그 말밖에 할 수 없는 상황이 있듯, 그 말이 나오기만을 기다리는 사람도 있는 법이다. 그때 내게 필요했던 말이 바로 저것이었다. "힘들었겠다." 힘듦을 인정받는다고 해서 처지가 달라지지도 않고 심신을 짓누르는 하중이 가벼워지는 것도 아닌데, 나는 왜 저 말이 고팠을까. 어째서 속절없이 눈물을 쏟아냈을까.

해가 갈수록 취약해지는 나 자신을 발견한다. 개인적인 문제에 사회적인 문제가 틈입하기도 하고 사회적인 문제에 과도하게 몰입하기도 한다. 사회적 재난이 개인적 불행의 탈을 쓸 때마다 일부러 도리질을 친다. 지나친 감정이입은 사태의 본질을 흐릴 염려가 있기 때문이다. 그러나 결국 마음이 앞서고 만다. 조목조목 비판하는 대신 남몰래 훌쩍이고, 대안을 찾는 대신 분노를 잠재우지 못해 안달복달한다. 고개를 떨군 채 눈물을 훔치고 뒤돌아 심호흡할수록, 심신은 토대를 다지고 보수補修한다고 해서 결코 나아질 수 없다는 사실만 깨달을 뿐이다.

그럴 때면 으레 책으로 기어들어간다. '기어들다'의 세번째 뜻은 "다가들거나 파고들다"인데, 책을 읽을 때마다 따뜻한 이불 속이나 누군가의 품안에 깃드는 상상을 한다. 그날 내가 집어든 책은 김상혁의 시집『우리 둘에게 큰일은 일어나지 않는다』(문학동네, 2023)였다. 시집을 펼치며 내가 가장 먼저 떠올린 단어는 '위로'였다. 시집의 제목은 큰일이 일어나지 않기를 바라는 혼잣말 같기도 하고, 큰일이 와도 우리 둘이라면 거뜬히 이겨낼 수 있으리라는 다짐으로도 읽혔다.

취약해질 수밖에 없는 상황에서, 누군가는 강해져야 한다고 쏘아붙이고 또다른 누군가는 무관심을 무기로 혼자 이곳을 벗어나려 한다. '하기'와 '하지 않기' 사이에서, 독서는 아무 대가 없이 내게 말 걸어주고 묵묵히 내 생각을 들어준다. '아, 이 사람도 힘들어하는구나'라는 깨달음은 "힘들었겠다"라는 말처럼 뭉근하게 나를 달래준다. '나만 이상한 게 아니구나'라는 발견은 다들 척척 제 갈 길을 찾아가는 세상에서 적잖이 위안이 된다.

책에 실린 시 「노크」에서 "사람 정말 싫다"라고 말하는 화자에게 "나의 다정한 사람"은 "그래, 그럴 수 있지, 하고 손잡아준다". "세상 정말 싫다"라고 말하는 화자를 바라보며 예의 그 사람은 "강아지에게 가슴줄 걸고 산책을 준비한다". "우글거리는 마음을 몇 개 밟으면서" 산책을 마칠 즈음, 옆에 있던 다정한 사람은 이렇게 말한다. "사실 나도 세상 사람이 싫어". '세상'과 '사람'이 '세상 사람'이 되는 동안, 상대와 맞잡았던 손은 "주머니에 담겨 똑똑 눈물"을 흘린다.

이 시에서 손이 하는 일은 잡아주는 일인데, 어째서 제목이 노크일까. 손가락에서 눈물이 똑똑 떨어진다고 해서 그것이 인기척이 되어주지는 않는다. 주머니 안의 일을 화자가 알 수는 없기 때문이다. 그러나 사람과 세상에 대한 '싫음'을 고백했을 때, 그것을 들어주고 같이 걷겠다고 가만히 손잡는 일은 사람이 사람에게 할 수 있는 가장 다정한 노크다. 우리는 말하지 않음으로써 말할 수 있고, 그 말을 귀가 아닌 눈으로 읽을 수 있다. 그러니 계속해서 사람이라는 문을 두드리고 책뚜껑이라는 문을 열 수밖에 없다.

위로에도 소리가 있다면 그것은 아마 노크 소리에 가까울 것이다. 실례하지 않으려고 상대에게 나의 존재를 나직이 증명하는 것이 노크다. "나 여기 있어요"라고 고백하는 사람에게 "나도 여기 있어요"라고 응답하는 행위에서 말없이 온기를 전하는 사람의 모습을 본다. 곁에 그런 사람이 있는 한, 우리 둘에게, 아니 우리들에게 큰일은 일어나지 않을 것이다. (7월 13일)

다르게 사는
상상

　마포중앙도서관 앞 조형물에는 "하루라도 책을 읽지 않으면 입안에 가시가 돋친다"라는 문장이 적혀 있다. 도서관을 지나갈 때면 이 조형물을 마주하게 되는데 모두가 멈춰 서는 것은 아니다. 모두가 위의 문장에 고개를 끄덕이는 것도 아니다. 도서관에 들어서려는데 엄마와 함께 도서관에 온 아이가 말하는 것을 들었다. "책이 욕심이 많네!" 눈이 휘둥그레진다. 달려가 무슨 말인지 묻고 싶지만, 잠자코 기다린다. "어떤 날에는 친구랑 놀기도 하고 가족 여행을 갈 수도 있잖아. 그런 날에도 입안에 가시를 돋치게 한다니, 완전 욕심쟁이잖아." 그 말을 듣고 엄마가 큰소리로 웃는다. 그 모습을 뒤에서 지켜보는 내 입가에도 미소가 번진다. 사람의 처지가 아닌, 책의 입장에서 저 문장을 해석하는 것으로부터 '다름'이 생겼다.

괜한 심술이 나서 친구와 쓴소리를 주고받고 헤어진 오래전 어느 날, 나는 저 문장을 조금 다르게 받아들이게 되었다. 책을 읽는다는 것은 마음에 여유를 깃들게 하는 일이다. 이를 게을리하면 이유 없이 조바심이 나고 상대에게 허튼소리, 가시 돋친 소리를 하게 된다. 책 읽기는 궁극적으로 성찰하는 일과 연결되기 때문이다. 자신을 깊이 살피지 않는 사람이 타인에게 친절할 가능성은 작다. 입안에 가시가 돋친다는 것은 아픔 때문에 견딜 수 없다는 뜻이 아니다. 그것은 돋친 가시를 어떻게든 입 밖으로 내뱉어야 한다는 얘기다. 말을 듣는 상대가 그 가시들을 다 받아내야 한다는 얘기다. 가시가 돋치는 원인이 아닌 결과에 주목했기에 나올 수 있는 '다름'이다.

얼마 전, 영상을 통해 제주도에 있는 독립서점 '고요편지'를 알게 되었다. "서로의 고요를 나눌 수 있기를 희망합니다"라는 모토처럼, 평온하고 따뜻한 공간이었다. 서점을 방문하는 이들이 책을 읽으며 사색할 수 있는 공간도 마련되어 있었다. 영상에서 오래 눈길을 끌었던 것은 다름 아닌 책장이었다. 책장에는 판매하는 새 책뿐 아니라 책방 안에서 자유로이 읽을 수 있는 헌책도 꽂혀 있었다. 책방에서는 헌책을 '반려책'이라고 불렀다. 반려동물, 반려식물처럼 책도 짝이나 동무가 될 수 있다는 생각을 그동안 왜 하지 못했을까. 헌책이 반려책이 되는 순간, 사람들은 책을 더 조심스럽게 꺼내 읽을 것이다. 같은 물건이라도 새로 이름을 붙이면 존재의 위상이 바뀐다는 걸 알았기에 '다름'은 생겨날 수 있었다.

비슷한 경우가 또 있었다. 고양시의 외곽 지역을 방문한 적이 있었다. 버스에서 내리니 온통 논밭이었다. 시市 안에 숨겨진 보물섬 같았다. 목적지로 향하는 길에 '여기가 꽃밭'이라고 적힌 팻말을 보았다. 정작 팻말 주변에는 꽃이 피어 있지 않았다. 꽃이 피었다 진 흔적도 발견할 수 없었다. 꽃이 없는데 왜 꽃밭이라고 하지? 나는 잠시 망연해졌다. 다시 걸음을 재촉하는데 길가 군데군데 쓰레기가 버려져 있는 것이 보였다. 그러고 보니 꽃밭이라고 명명해놓은 곳의 주변만 유독 깨끗했다. 그제야 뒤늦은 깨달음이 찾아왔다. "쓰레기를 버리지 마시오"라고 경고하는 대신, 유머를 구사하고 부드럽게 설득함으로써 '다름'의 진가를 발휘한 셈이다.

이런 '다름'들을 몸에 새기는 과정이 쌓이고 쌓이면 조금이나마 다른 삶을 살 수 있지 않을까? 한발 늦게 도착하더라도, 다름을 틀림으로 지적받더라도, 삶의 빈틈을 나만의 상상력으로 채울 수 있을 것이다. 상대의 입장을 헤아리는 여유가 있다면 입안에 가시가 돋칠 일도 없을 것이다. 도서관에서 나오는데, 아까 마주친 아이의 한숨 소리가 들린다. "아, 더워." 엄마가 말한다. "덥지 않다고 생각하면 안 더워진다?" "나 방금 그렇게 생각했는데, 하나도 소용없던걸?" 아이가 삐죽 입술을 내민다. 불볕더위가 내려앉은 아스팔트 위를 걸으며 작게 중얼거린다. "춥지 않네, 춥지 않아." 겨울에 절실할 말을 미리 끌어다 쓴다. (8월 10일)

힘입기, 마음먹기, 되살기

얼마 전에 이사했다. 이사는 단순히 거처를 옮기는 것이 아니다. 버스 노선, 장보기, 산책로, 인근 편의 시설, 분리수거 방식, 조망 등 생활의 많은 부분이 변화한다. 오래전에 살았던 동네로 다시 왔더니, 낯설면서도 익숙했다. 익숙하면서도 낯설었다. 낯섦 속에서 찾아오는 익숙함은 안온함을 가져다준다. 익숙함 속에서 찾아오는 낯섦은 일상에 활기를 불어넣는다. 낯섦과 익숙함이 둘 다 있어서 적이 설레고 적잖이 안심되었다. 상가의 간판들이 변했지만, 거리를 거닐 때 예전의 감각이 돌아오는 듯해 기분 좋았다. 여전한 것들과 달라진 것들 사이를 누비다 잠깐 멈춰 서서 관성의 반대말이 뭘까 골몰하기도 했다.

관성의 반대말은 자유일까. 본인 의지가 아니라 제도나 조직에 의해 만들어진 관성은 때때로 그를 옭아맨다. 이때 자유는 관성을 거스르려는 마음을 반영한다. 비슷한 맥락에서 관성의 반대말을 역행逆行이라고 말할 수도 있다. 다 앞으로 가는데 혼자 뒤로 가는 사람을 떠올려보자. 반대 방향이라고 손가락질할 수도 있지만, 일정한 방향이나 체계를 바꾸는 일은 변화를 꿈꾸는 일이다. 내친김에 관성의 반대말을 꿈이라고 명명할 수도 있겠다. 상태를 지속하려는 성질을 거부하고 새로운 일에, 정말 하고 싶었던 일에 다가가는 마음을 떠올려보자. 관성에 젖지 않으려고 애쓰는 것으로부터 진짜 내 모습을 발견할지도 모른다.

생각이 당도한 곳에는 의식주가 있었다. 관성에서 결코 자유로울 수 없는 인간 생활의 기본 요소 말이다. 입다, 먹다, 살다…… 삶의 마지막까지 손에서 놓을 수 없는 일들이다. 흔히 의식주를 위해 일한다고 생각하면서도, 등잔 밑이 어둡듯 나도 모르게 소홀해지게 된다. 시간에 쫓겨 살다 보면 빨랫감은 쌓이고 끼니는 어느덧 때우는 게 되어 있다. 수면 부족으로 등받이를 발견할 때마다 기다렸다는 듯 쪽잠을 잔다. 되는대로 입고 쫓기듯 먹고 대충 살 수는 없는 노릇이니, 관성에 휘둘리는 걸 신경 써야 한다. 어떤 옷을 입을지, 무엇을 먹을지, 어떻게 살지 늘 생각해야 한다.

'힘입다'란 단어는 마법 같다. 도움이 절실할 때나 어떻게 해야 할지 갈피를 잡을 수 없을 때 힘입는 일은 난관을 헤치고 나아갈 수 있게 해준다. '힘'이 마치 갑옷이라도 되는 듯 말이다. 옷 입는 일이 일상적으로 이루어진다면 힘입는 일은 비일상에 가깝다. 나를 도울 사람이 항상 존재하는 것은 아니다. 오히려 세상은 준비되지 않은 이에게 잔인하리만큼 냉정하다. 이때 힘은 내가 입을 수 있는 최상의 옷이나 다름없다. 가지고 있던 것은 아니지만, 그 옷은 누군가에 의해 건네져 삶의 용기가 된다. 입히는 사람 또한 뿌듯할 것이다.

'마음먹다'란 단어는 결심과 연결된다. 생각은 크게 '하겠다는 것'과 '하지 않겠다는 것'으로 나뉘는데, 마음을 먹을 땐 이상하게 하겠다는 쪽으로 기울게 된다. 하지 않겠다고 다짐하는 것 역시 '하는' 것이어서 그럴지 모른다. 마음먹고 떠나고 찾아가고 이야기하고 마침내 극복한다. 마음먹으면 어려운 일을 해낼 수도, 내가 원하는 사람이 될 수도 있다. 우리가 매일 먹지만 소화되는 양이 들쭉날쭉한 것도 마음이다. 그러나 먹은 마음이 행동으로 연결될 때 우리는 어제와는 자못 다른 사람이 된다.

'되살다'란 단어에서 중요한 것은 다름 아닌 '다시'의 느낌이다. 다시 살고 다시 찾고 다시 일어나게 하는 것, 그리하여 잃었던 무엇을 도로 찾아주는 것이 바로 되사는 일이다. 잃었던 것은 희망일 수도, 열정일 수도, 삶일 수도 있다. 되살기를 통해 이때껏 외면했던 것을 직면할 기회를 얻는다. 이때의 다시는 '제대로'의 의미다.

이사 후에도 입고 먹고 사는 일과는 멀어질 수는 없을 것이다. 그저 힘입기, 마음먹기, 되살기와 더불어 관성을 늘 경계해야겠다. 익숙해지되 낯섦을 잃지 말아야겠다. (9월 7일)

우리에겐
더 다양한 말이 필요하다

아시안게임이 막바지에 접어들었다. 한가위 연휴가 겹쳐 많은 이들이 따로 또 함께 시청했을 것이다. 연휴의 어느 날 찾았던 식당에서도 아시안게임이 중계되고 있었다. 셔틀콕이 아슬아슬하게 네트를 넘어가고 축구공이 시원하게 잔디밭을 가를 때 입이 떡 벌어졌다. 먹기 위해서 벌린 입이 아니다. 나도 모르게 벌어지는 입이다. 각자의 탁자를 앞에 둔 채, 사람들의 눈이 일제히 화면으로 쏠려 있다. 탄성이 터질 때 감탄과 탄식이 자리를 뒤바꾸는 건 예사다. 승패가 결정되면 사람들은 다시 탁자 위로 고개를 수그린다. 승부가 나는 것도 아닌데 일제히 손발이 바빠진다.

경기에 이긴 선수의 탁월한 기량에 손뼉 치면서도, 진 선수의 얼굴에 눈길이 가는 건 어쩔 수 없다. 문학은 성공과 승리의 언어로 쌓은 탑이 아니라, 실패와 패배를 껴안고 어렵사리 올린 돌무더기에 가깝기 때문이다. 진 선수의 뒷모습을 바라보면 대회를 위해 갈고닦았을 지난 시간이 짐작되기도 한다. 코트 위에는 땀이 흥건하고, 진 선수의 얼굴은 땀인지 눈물인지 모를 액체로 뒤덮여 있다. 화면은 포효하는 승자의 앞모습과 패자의 뒷모습을 차례로 비춘다. 이럴 때 카메라는 지독히 매정하다. 승리는 달콤하고 패배는 쓰라리다. 암암리에 체득된 약육강식의 세계관이다. 별생각 없이 받아들이다보니 당연한 것이 되어버린 문장이다.

경기 상황을 묘사하고 그 결과를 설명하는 표현도 마찬가지다. 통한痛恨, 담금질, 악몽, 후폭풍, 몰상식, 좌절, 뼈아픈 실책, 설욕, 맹비난 등 처음 접했을 때는 눈을 홉뜨게 만들던 말들이 더이상 충격을 주지 않는다. 관성의 영향이다. 충격, 쇼크, 비극, 참사, 융단 폭격, 트라우마 등 사회면에서 접하던 단어들을 마주할 때도 있다. 파토스를 유발하는 표현의 자극성이 떨어질 때쯤 머리기사는 더 강렬하고 도발적인 문구로 바뀐다. 정념에 사로잡히게 만드는 표현 때문에 정작 경기 내용은 눈에 잘 들어오지도 않는다. 내가 만일 감독이었다면 선수에게 기사를 보지 못하게 했을 것이다.

보도에서 골치가 아프다, 어깨가 무겁다, 무릎을 꿇(리)다, 눈 뜨고는 볼 수 없다, 코가 납작해지다, 간이 콩알만 해지다, 가슴이 내려앉다, 손에 땀을 쥐다, 오금이 저리다, 발을 동동 구르다 등의 관용어를 찾는 것 또한 어렵지 않다. 관용어는 일상 깊숙이 스며든 말이다. 단순히 '흥미진진하다' '안타깝다' '지다' 라고 표현하는 대신, 이를 다르게 전하고 싶었던 마음을 모르는 바 아니다. 재빠르게 기사를 작성해야 하는 상황이 오면, 신체 부위와 연관된 관용어만큼 손쉽게 사용할 수 있는 게 없다. 하지만 관용어만큼 적재적소에 배치해야 효과를 거두는 말이 또 없다. 관용어의 범람 속에서 꼼짝없이 온몸을 자극받는 건 우리다.

'꺾다'와 '해내다' '물리치다'의 반대편에 있는 말을 생각해야 한다. 이긴 선수의 서사뿐 아니라 진 선수의 심정을 헤아려야 한다. '안타까운 패배'라는 말에 들어 있는 감정은 선수의 몫이 아니다. 그것은 미디어에 의해 만들어진 감정이다. 유포되면서 점점 부풀려지는 감정이다. 동메달이나 은메달을 따고 환히 웃는 선수들에게 해서는 안 될 말이기도 하다. 아시안게임에 참가하는 것만으로도 충분히 기쁜 선수들에게 승패의 언어는 가

당찮을 것이다. 온라인상에서 떠돌다 유행하기 시작한 '졌잘싸 (졌지만 잘 싸웠다)'와 '중꺾마(중요한 건 꺾이지 않는 마음)'를 떠올려보라. 우리에겐 더 많은 말이 필요하다.

우리에게 더 많은 말이 필요하기도 하지만, 그보다는 더 다양한 말이 필요하다. 승패와 상관없이 사람을 존중하고 배려하는 말이, 경기 과정과 결과를 설명하는 데 있어 신중함이 깃든 말이. 이 신중함은 단번에 습득되지 않는다. 일상적인 차원에서 고민해야 한다. 패자를 소외시키지 않기 위해 늘 언어 건너편을 살펴야 할 일이다. (10월 5일)

가의 인생

"가에 대세요, 가에." 친구 차를 타고 먼 거리 출장길에 올랐
다. 숙소 주차장이 꽉 차 있어서 당황하던 찰나, 때마침 밖에
나온 주인분이 말씀하셨다. "가상이요. 가상에 대세요." 경상
도에 왔는데 전라도 사투리가 들려서 잠시 귀를 의심했다. "어
디의 가요? 어느 가상이요?" 친구가 다급하게 물었다. "저기 가
요." 주인분이 가리킨 곳에는 차 한 대가 가까스로 들어갈 수
있는 공간이 있었다. "밭을 것 같은데요?" "가상에 잘 대면 괜
찮아요." 운전을 잘하는 친구 덕에 무사히 가에 주차할 수 있
었다.

숙소로 올라오는데 자꾸 헛웃음이 났다. 예의 가상이 가상
假想이나 가상假像처럼 느껴졌기 때문이다. 평소라면 절대 차를

대지 않을 곳이었다. 가상의 적을 만들고 가상의 세계에 빠져
든 사람만이 그 공간을 볼 수 있을 것 같았다. 환영을 보듯 현
실 속에서 거짓 형상을 마주하는 사람만이 그 공간에 감히 주
차할 수 있을 것 같았다. 잘 알고 있다고 믿었던 '가'라는 단어
의 비밀을 하나 발견한 듯도 싶었다. "'가'의 향연이었네. 그렇
지?" 친구가 활짝 웃었다.

그날 밤 내내 내 머릿속은 '가'로 우거졌다. 가는 사전적으로
"경계에 가까운 바깥쪽 부분"을 뜻한다. 길가의 '가'를 떠올리면
된다. '가'이기 때문에 다소간의 불안함을 감수해야 한다. 어린
이가 가에 앉아 있으면 어른은 떨어질지 몰라 염려한다. 가에
있는 게 편해서 자리잡았는데, 다시 가운데로 몸을 움직이지
않으면 안 된다. 같은 이유로 가에 있는 사람은 주목받지 못한
다. 가에 위치하겠다고 마음먹은 사람은 자발적으로 중심에서
멀어진 사람이기 때문이다. 그는 남의 이목에서 벗어남으로써
혼자의 상태로 선선히 진입한 사람이다. 어쩔 수 없이 가로 밀
려난 사람도 있지만, 가에 있는 것들을 살피려고 일부러 심신
을 옮기는 사람도 있다.

또한 '가'는 "그릇 따위의 아가리의 주변"을 일컫기도 한다.
이때의 '가'는 흔히 흘리면 안 된다는 명령과 함께 쓰인다. 꿀이

나 참기름 따위의 액체가 가를 타고 흐르기 쉽다. 가는 액체가 흐르는 것을 막는 최후의 보루이자, 그 액체가 타고 흐르는 경사면이 된다. 그러므로 가에 위치한다는 것은 경계에 서겠다는 의지이기도 하다. 주변과 친해지겠다는 다짐이기도 하다. 가에 있어야만 중앙부를, 중앙부에 담긴 내용물을 객관적으로 바라볼 수 있음은 물론이다. 순순히 가에 다가가는 사람은 '겉'이 아니라 '속'을 궁금해하는 사람이다. 등잔 밑이 어둡듯, 속에 있으면 여간해서 속사정을 알기 어렵다.

'가'는 주변부를 가리키는 것이지만, 가에 다가가는 사람만이 볼 수 있는 장면이 있다. 화단의 이름 모를 꽃, 우체통과 헌 옷 수거함, 전봇대 아래 웅크린 고양이, 보도블록을 비집고 고개 내민 잡초, 길의 한가운데를 바삐 오가는 사람들의 갖가지 표정…… 가에 관심을 기울이는 사람이 거의 없어서, 가는 오히려 누군가의 내밀한 공간으로 거듭날 수 있다. 광장 한가운데에서 확성기를 든 사람에게 일제히 이목이 쏠리지만, 그때 가에 있는 사람은 자기만의 이야기를 만들고 있다. 길가에 핀 꽃을 유심히 들여다보는 아이, 지렁이가 기어가는 것을 종종걸음으로 따라가며 지켜보는 소녀, 가의 공간을 활용해 사람들에게 웃음 주는 글귀를 적어두는 어른 등 가와 친한 사람들은 누군가를 해칠 마음을 품지 않는다. 그들은 '가'에까지 마음을 쓰기 때문이다.

출장에서 돌아오는 길, 갑의 인생이 아니라 가의 인생을 살아야겠다고 생각했다. 가에 있다가 지나가는 사람에게 인사도 건네고 발을 헛디디는 사람의 손을 잡아주는 삶 말이다. 중심을 지향하지 않아도 되니 마음의 짐도 덜 수 있을 것이다. 가에 있다가 남들이 미처 발견하지 못한 것을 갖고 글을 쓸 수도 있을 것이다. 가의 인생이 가ᇜ의 인생이 될 때까지 말이다. (11월 2일)

여행의 이유는
여유다

    나리타공항에서 이 글을 쓴다. 공항에 오는 데만 해도 우여 곡절이 있었다. 일행 중 하나가 숙소에 여권을 두고 와서 택시를 돌려 부랴부랴 왔던 길을 되돌아갔다. 공항으로 가는 열차표를 잘못 구매하는 바람에 내릴 때 차액을 지급하는 소동도 있었다. 말이 잘 통하지 않아 중요한 순간에는 어김없이 비언어적 요소를 동원해야 했다. 당혹스러울 수도 있는 상황이었는데 실없이 웃음이 나왔다. 예전의 나라면 절대 상상할 수 없는 모습이었다.

    문득 삼 주 전 있었던 독일 출장이 떠올랐다. 프랑크푸르트에서 베를린으로 가는 비행기로 갈아탔는데, 짐이 도착하지 않는 우발사고가 있었다. 항공사에서는 그저 기다리라고 했다.

이틀 안에는 짐이 도착할 것이라 했다. '이틀'을 전달하는 태도가 대수롭지 않고 느긋하기까지 해서 상대적으로 더 조바심이 났다. 혼자였다면 발만 동동 굴렀을 테지만, 일행이 있었기에 기억할 만한 일화가 되었다. 함께여서 극복할 수 있었고 어처구니없는 상황마저 웃어넘길 수 있었다.

한 달 사이 있었던 두 번의 외국 출장 이후, 여행에 대한 내 편견이 산산이 깨졌다. 이전의 나는 '집 밖으로 나가면 고생이다'라는 의견에 전적으로 동조하는 사람이었다. 홀로 떠난 외국 여행에서 알 수 없는 이유로 숙소 예약이 취소되고 도시에서 길을 잃는 등 몇 번의 수난을 겪은 후, 국경을 넘는 일이 두려워졌다. 동양인에게 적대적인 현지인들을 마주한 적도 여러 번이었다. 국내도 다 못 돌아다녔는데 해외가 웬 말이냐며 스스로를 다그치기도 했다. 그러나 몸담은 환경이 달라져야만 발견할 수 있는 게 있었다. 타인과 함께 생활해야만 드러나는 게 있었다. 그 중심에 있는 것은 다름 아닌 여유였다.

독일과 일본에서 나는 환대하는 태도를 배웠다. 빽빽한 일정 속에서도 함께임을 잊지 않고 상대의 사정과 의중을 헤아리는 일이 바로 배려였다. 똑같이 피곤할 텐데도 괜찮냐고 먼저 물어주는 데는 여분의 너그러움이 필요하다. 상대의 취향을 고려해서 몰래 선물을 챙기고 손 글씨로 편지를 써서 건네는 데는 넉넉함이 필요하다. 같은 시간을 보내도 함께한 이들은 어떻게든 여유를 내서 너그러움과 넉넉함을 나누어주었다. 덕분에 독일은 한국보다 춥지 않았고 일본은 한국보다 덥지 않았다. 마음가짐의 '가짐'이 자세에 있다는 것을 체득하는 시간이었다.

여행할 때 더욱 갈급하게 되는 것도 여유였다. 숨을 돌리고 시야를 확보하고 기지개를 켜는 일은 일상에서 애써 하지 않기에 낯선 곳에서 더욱 바라게 되는 것이었다. 여기까지 왔으니 좀 느긋해져야 하지 않겠어? 평소에 접하던 것과 다른 음식을 먹어야 하지 않겠어? 시간을 내서 뭔가를 찾아봐야 하지 않겠어? 내색하지는 않았지만 속은 내내 시끄러웠다. 그러다 알게 되었다. 지금껏 내가 여행을 좋아하지 않는다고 생각한 데는 여행에서 뭔가를 바라지 않는다는 오만함이 자리하고 있다는 사실을 말이다.

문득 여정은 '여행의 과정'과 '여행의 감정'을 다 담고 있는 말이라는 생각이 들었다. 달리 말하면, 여행하는 사람이 중심을 잘 잡고 있어야 과정도 감정도 충만해질 것이다. 여유를 갖지 않으면 과정은 숨쉴 틈 없이 느껴진다. 틈이 없으므로 감정이 생길 여지도 없다. 두 번의 출장길 모두 돌아오는 공항에서 울컥하고 말았는데, 여행이 끝났다는 데서 오는 아쉬움과 집에 돌아간다는 기쁨이 아니라 고마움 때문이었다. 여유는 가지거나 부릴 수도 있지만, 나눌 수도 있는 것이었다.

일행 중 하나는 하루 더 머물다 돌아오겠다고 한다. 고작 하루일까? 아마도 기꺼운 하루일 것이다. 스스로 선사하는 여유이니 말이다. 여행하는 이유도, 여행해야 하는 이유도 여유에 있다. 그런 점에서 2023년 11월은 바쁘면서도 여유로운 달이었다. 여행할 때는 몸이 바쁠 때조차 마음은 반대로 여유로울 수 있다. (11월 30일)

미안해하는 사람

세밑에 고병권의 산문집 『사람을 목격한 사람』(사계절, 2023)을 읽었다. 사람으로 시작해서 사람으로 끝나는 책이었다. 첫번째 사람이 도와달라며 손을 내밀 때 소매가 잡히는 자리에 두번째 사람이 있고, 그 두 사람을 묵묵히 지켜보는 세번째 사람이 있다. 저자는 세번째 자리에 서서 이 사람들을 기록한다. 아프고 미안한 사람, 보이지 않는 사람, 포획된 사람, 함께 남은 사람, 싸우는 사람, 연대하는 사람을. 이 사람들의 공통점은 목소리가 들리지 않는다는 것이다. 목소리가 작아서가 아니다. 다른 이들이 들으려고 하지 않기 때문이다. 부러 귀를 기울여야만, 듣겠다고 작정해야만 들리는 목소리다.

책에 실려 있는 글 「구차한 고통의 언어」를 소개한다. 저자는 소수자들이 호소할 때조차 주변에 미안해하는 경우가 많다고 말한다. 미안한 사람의 자세는 낮아진다. 그는 변명하듯 말하고 대수롭지 않은 일에도 재빨리 본인의 상태나 성격을 탓한다. 다른 사람과 비교하며 여러 가지 이유로 위축된다. 더 많이 일할 수 없어서, 더 빨리 움직일 수 없어서, 어떤 동작을 혼자서 할 수 없어서 그들은 미안하다. 그들을 돕는 이는 환경의 미흡함을 떠올릴 틈도 없이 돌봄을 베푸는 자리에 서게 된다.

고병권은 "우리 사회가 미안해하지 않기 때문에 장애인들이 미안해진다"라고 말한다. 사회가 미리 제공했어야 할 서비스가 부재했기에, 장애인들은 부탁할 일이 많아진다는 것이다. 어떤 이는 스스로 '돌봄의 짐'이라 생각해 외출도 꺼리게 된다. 장애인 콜택시를 부르거나 저상 버스에 오르거나 지하철을 타는 것은 미안함이 양산되는 일이다. 시민으로서 당연히 누려야 할 일들이 누군가의 도움 없이는 이루어질 수 없는 난처한 일이 된다. 그는 "우리는 의존에서 벗어남으로써가 아니라 적절한 의존 방식을 찾음으로써 자율적 삶을 누릴 수 있다"라고 덧붙인다. 함께함으로써만 역설적으로 자율적 삶을 추구할 수 있다는 말이다.

미안해하는 사람은 져도 되는 사람, 굳이 이기려고 하지 않는 사람, 아니 더 정확하게는 삶을 승부로 보지 않는 사람이다. 시스템에 의해 이미 졌다고 통보받은 사람이기도 하다. 그는 미안하다고 말하면서 안도한다. 사과하고 양해를 구해야 상대의 마음이 누그러지니까. 그런데 이때의 미안함에는 두 가지 뜻이 혼재되어 있다. '미안하다'의 첫번째 뜻은 "남에게 대하여 마음이 편치 못하고 부끄럽다"이다. 잘못을 저지른 뒤 느끼는 바로 그 미안함이다. 두번째 뜻은 "겸손히 양해를 구하는 뜻을 나타내는 말"인데, 가볍게 부탁할 때 의례적으로 쓰인다.

장애인을 비롯한 소수자들은 두번째 뜻의 '미안하다'만 사용해도 충분할 때조차 말 속에 첫번째 뜻을 담는다. 마치 존재하는 일 자체가 미안하다는 것처럼. 이를 만든 것은 장애인을 배려하지 않는 사회와 장애인의 삶을 상상해본 적 없는(상상해볼 필요가 없는) 비장애인 시민들이다. '사람을 목격한 사람'은 이 장면을 마지막까지 응시하는 사람일 것이다. '시민 여러분'의 편의를 위해 장애인이 지하철 역사 밖으로 끌려나오는 장면을, 그의 시민권이 너무나도 손쉽게 박탈당하는 장면을, 용기를 내 권리를 주장할 때조차 먼저 "미안하다"라고 말하는 장면을. 이것이 지금 한국 사회가 장애인을, 소수자를 대하는 방식이다.

알려고 노력하지 않으면 있는지조차 모르는 문제도 있다. 소수자에게 흔쾌히 확성기를 쥐여주지 않기 때문이다. 기회가 생겨 권리를 외칠 때조차 '시민'들의 생활에 지장을 준다며 제지당하기 일쑤기 때문이다. 습관적으로 미안하다고 하는 사람에 비하면 이들의 '미안함'은 얼마나 절박한가. 정치인들의 입에서는 끝끝내 나오지 않는 저 말이 이들 입에서는 매일없이 쏟아진다. 사람을 목격한 사람은, 이들 앞에서 미안해하는 사람이 되지 않을 도리가 없다. (12월 28일)

2024

오늘 한 장면

아버지 기일을 앞두고 고향에 갔다. 책상 서랍을 열었더니 낡은 노트가 한 권 들어 있었다. '아버지가 쓴 노트일까?' 생각하며 노트를 펼쳤다. 노트 상태는 오래됐지만 새것이나 다름없었다. 사람의 손때가 거의 타지 않았다는 얘기다. 빛바랜 노트 첫 장에 검은색 사인펜으로 '한창'이라고 두 글자가 적힌 게 다였다. 분명 내 글씨였다. 정확히는 이십대 시절의 글씨였다.

이십대 후반에 교통사고를 당했다. 오른쪽 팔꿈치 관절을 크게 다치면서 손목 관절 또한 자유롭게 움직일 수 없게 되었다. 그때를 기점으로 글씨체가 달라졌다. 그러니 그 글씨는 사고 이전에 쓰인 것일 테다. 글자가 쓰인 시기를 특정했다고 해서 의문이 풀린 것은 아니다. 한창이라니, 저 단어가 대체 무엇을 의미하는 것일까. 당시에는 분명 새 노트였을 텐데, 왜 저 단어만 덩그러니 적힌 것일까. 아무도 없는 방안에서 생각만 깊어졌다. 맥없이 노트를 덮는데 머릿속에서 하나의 장면이 재생되기 시작했다.

대학교 방학을 맞이해서 오랜만에 고향에 갔을 때였다. 매일 고등학교 동창들과 밤늦게까지 놀았다. 아무개 생일이라고, 다른 아무개가 입사했다고, 또다른 아무개가 실연으로 우울해해서 어디 좀 다녀오기로 했다고. 집에 붙어 있는 시간이 거의 없었다. 부모님과 식사 한끼 하기가 쉽지 않았다. 나의 불찰이었다. 즐거움과 한가로움에 취해서 다른 것은 눈에 들어오지 않았다. 어느 날, 탕아처럼 귀가한 내게 아버지께서 말씀하셨다. "한창나이 때 몸 관리를 해야 해. 한창이라서 무분별해지기 십상이지만 한창이니까 더 조심해야 해. 더 살펴야 해." 당시의 내가 그 말을 곧이곧대로 들었을 리 없다. 단지 한창이라는 말이 기억에 남아 노트에 적어두었을 것이다.

한창은 아름답고 위험한 것이었다. 한창이어서 바쁘고, 한창이니까 열정을 기울였다. 한창에만 기댔다가 일을 그르치기도 했다. 활기만 믿고 과로하거나 능력을 과신한 나머지 인심을 잃기도 했다. 아버지는 아마 한창의 신기루에 대해 말씀하시고 싶었을 것이다. 빛바랜 노트를 버리지 않아서, 한창이라는 두 글자가 고스란히 남아 있어서 나는 그 장면을 다시금 떠올릴 수 있었다. 한창에 대해 과신하면 안 된다는 가르침과는 별개로, 두 글자가 열어젖힌 기억의 생생함에 놀라지 않을 수 없었다.

언젠가부터 강박적으로 메모하기 시작한 것도 기억 때문이 아니었을까. 남아 있어야 다시 들여다볼 수 있으니까. 남은 것으로부터 잃은 것을 헤아릴 수 있으니까. 다 쓴 수첩과 못다 채운 노트를 선뜻 버리지 못하는 이유도 아직 붙들 게 남아서가 아닐까. 기억은 기록으로 정확해진다. 기록은 기억에 생명력을 부여한다. '그때'를 '지금'으로 소환하는 데 기록만큼 영향을 미치는 요소도 없다. 기록은 무엇을 쓸지, 어떻게 말할지, 언제 어디로 갈지, 왜 사는지, 내가 누구인지 등의 질문부터 그때와 지금 무엇이 같고 다른지 내력까지 일러준다.

기록을 들추면 육하원칙이 가득하다. 내가 여기까지 온 궤적이 선명해진다. 고작 단어 하나, 사진 한 장뿐인데도 실타래가 풀리듯 이야기가 펼쳐지는 것이다. 견문록처럼 후대에 남길 목적으로 작성되는 공적 기록도 있지만, 나를 깨우치고 변화시켰던 순간들이 모인 사적 기록도 있다. 기록함으로써 감정은 분명해지고 생각은 단단해진다. 기억의 왜곡과 축소를 막아주는 것도 기록이다. 어릴 적 쓴 일기가 일상의 패턴을 보여주는 것이었다면, 성인이 되어 남기는 기록은 기억할 만한 내 인생의 장면들을 늘려주는 일이다.

'오늘 한 장면'이란 제목으로 사진 일기를 쓰고 있다. 오늘 찍은 사진 한 장과 거기에 걸맞은 단어 하나를 적는다. 들여다보면 그때 그 순간이 또렷하게 떠오른다. 기록하는 사람이 늘 한창때를 사는 이유다. 자신을 잘 알려고 하는 사람에게 똑같은 날은 없다. (1월 25일)

한 수 접는 마음

　동네 카페, 앞 테이블에 앉은 아빠와 아이가 종이접기에 한창이다. 동영상을 보고 따라 접는 모습에서 신중함과 열정이 동시에 느껴진다. "방금 어떻게 한 거야? 다시 앞으로 좀 돌려보면 안 돼?" 손이 느린 아이가 아빠에게 부탁한다. "실은 아빠도 제대로 못 봤어. 다시 함께 보자." 마음 너른 아빠가 아이에게 속삭인다. '다시'와 '함께'에 힘입어 아이는 두 눈을 크게 뜨고 영상 속 실력자가 종이 접는 모습을 바라본다. 머릿속으로는 종이를 열심히 접고 있는 일 분 뒤 자기 모습을 떠올리고 있을 것이다.

　어릴 적 빳빳한 종이를 보면 양가감정이 들었다. 그 팽팽함에 경이로움을 느끼면서도, 한편으로는 그것에 자국을 남길까 싶어 조바심이 일었다. 가만 보고만 있으면 좋으련만, 빳빳한 종이는 자신을 어서 만지라고 나를 유혹하고 있었다. 종이에 큼지막하게 글씨를 써서 이름표를 만들까. 좋아하는 사람에게 편지를 적어 남몰래 건넬까. 누가 보면 안 되니까 종이를 절반 접어서 줘야겠지. 내친김에 종이접기를 시도할 수도 있을 것이다. 간단하게는 비행기나 배, 공들여 학이나 토끼, 장미를 접을 수도 있겠지. 그러나 이내 그 마음을 접어버렸다. 나는 뭘 만드는 데는 도통 재주가 없었다.

아빠와 아이의 모습을 보고 있으니, 마지막으로 뭘 접어본 적이 언제였는지 아득했다. 성인이 된 이후, 고이 접기보다 마구 구기는 데 더 많은 시간을 쓴 듯싶었다. 어렵사리 쓴 손편지를 가차없이 구길 때면 마음도 함께 구겨졌다. 그것을 다시 펴도 원래의 상태로 돌아갈 수 없었다. 구겨지지 않은 척했으나 누구보다 잘 알고 있었다. 어떤 글은, 일은, 감정은 구겨진 채로 한동안 방치되다가 앙금으로 남는다는 것을. 종이를 접었다가 폈을 때는 흔적이 남는다. 그 흔적을 따라 다시 잘 접을 수도 있을 것이다. 그러나 한번 구겨진 마음은 다시 펼쳐도 호둣속처럼 복잡하기만 하다. 그 주름들을 하나하나 헤아릴 엄두가 좀체 나지 않는다.

종이를 접지는 않았으나 나는 나대로 접는 일을 해오고 있었다. 책장 귀퉁이를 접는 일은 어떤 구절이나 장면에 마음을 내어주는 일이었다. 접는 일은 내가 무엇에 흔들리는지 알게 해주었다. 접은 흔적들을 한데 모으면 내 취향을 발견할 수도 있었다. 상대 의견을 잘 듣고 따르는 일은 내 주장을 접는 일이었다. 토씨 하나하나까지 시시콜콜하게 따지고 꼬투리 잡는 일은 여유를 앗아갔다. 쓸데없이 고집을 피우고 돌아올 때면 심신이 무거웠다. 접어야 가벼워질 수 있었다. 내 의견을 접어야 상대의 목소리가 생생히 들렸다. 의견을 접는 일은 소신을 굽히는 일이 아니었다. 다각도로 생각하고 꼼꼼히 따져서 마침내 신중해지는 일이었다.

접는 일은 또한 원래의 나 자신으로 돌아오는 일이기도 했다. 우산을 접거나 부채를 접듯, 펴지기 전의 상태로 향하는 일이었다. 달아오르기 전으로 거슬러올라간다는 점에서 평정심을 되찾는 일이기도 했다. 상대의 잘못을 접어 생각하는 일은 관용적인 사람이 되겠다는 결심에서 비롯한 것은 아니었다. 그것은 오히려 내가 몰랐던 나의 허물을 발견하는 통로가 되어주었다. 하던 일을 접는 것은 단순한 포기가 아니었다. 누군가는 그것을 가리켜 실패라고 할 테지만, 나는 몰두하고 있던 일을 접을 때마다 내가 나에게 더 가까워지는 기분이 들었다. 여집합을 알아야 내가 집중할 부분집합이 또렷해진다.

무엇보다 한 수 접는 마음을 알게 된 것이 좋다. 한 수 접는다는 표현은 바둑이나 장기에서 상대 수준에 맞추어 자기 수준을 낮추는 것을 일컫는 말이다. 내 수준이 높다는 말이 아니다. 기성세대와 가까워진 지금, 나는 새로운 세대의 목소리에 귀기울여야 함을 절감한다. 앞서 아빠와 아이가 몸소 보여주었듯, 접는 일은 '다시'와 '함께'로 새판을 펼치는 일이기도 하다. (2월 22일)

'혹시나'의 힘

친구 둘과 약속이 있어서 카페에 자리를 잡았다. 약속 시간까지 삼십 분쯤 여유가 있어 랩톱을 켰다. 뭐라도 쓸 수 있을까 기대한 건 아니었다. 예열만 하다 달아오르지 못한 채 랩톱을 덮을 가능성이 컸다. 그래도 혹시나 하는 마음에 한글 창을 띄워두고 포털에 접속했다. 이는 내 글쓰기 루틴이다. 총선, 선거법 위반, 의료 대란, 대국민 사과, 잡히지 않는 먹거리 물가, 빈집 싸움, 막말 논란…… 분노와 우울을 유발할 걸 알면서도 나도 모르게 손이 간다. 포털이 제공하는 뉴스의 제목을 일별한 후, 개중 하나를 골라 클릭했다. 기사 하나를 다 읽었을 때 친구 A가 도착했다.

"헐떡이면서 오네. 무슨 일이야?" "뭐 좀 급히 마무리하느라.

넌 글 쓰고 있었던 거야?" 얼굴이 빨개진다. "아니, 기사 읽고 있었어." "나는 요새 세상이 어떻게 돌아가는지 모르겠다. 내 몸 하나 건사하는 것도 쉽지 않다." A는 작은 식당을 개업했다가 얼마 전 배달 위주로 영업 방향을 바꾼 참이었다. 때마침 친구 B가 왔다. "근데 오늘 무슨 날이야?" 자리에 앉자마자 B가 묻는다. "혹시나 해서 연락해본 거야. 우리 얼굴 안 본 지 오래됐잖아." "그 덕분에 이렇게 본다." 숨 고르기를 마친 A가 말한다.

자리를 옮겨도 이야기는 이어진다. 대화의 배경은 옛날과 지금을 종횡무진 오가지만 웃음은 끊이지 않는다. "그나저나 투표일에 뭐 하니?" B가 묻는다. "투표일에 투표해야지." 나는 웃으며 대답한다. "그날도 난 어김없이 출근해. 쉬는 날이 더 바빠." A의 표정이 복잡하다. "예전에 연휴가 이어서 쉬는 날이었다면, 지금은 잇달아 일하는 날이 됐어." 그는 주문이 많으면 기분 좋다가도 배달할 때는 늘 긴장 상태가 된다고 덧붙였다. "집에 오면 기진맥진이야. 씻을 힘도 남아 있지 않을 때가 많아. 오늘은 씻었으니 염려 마." 우리는 또 한바탕 웃는다.

술이 몇 잔 오가고 대화는 원래의 자리로 돌아온다. "하나 더 있다? 언제부터인가 내가 뽑은 후보는 늘 낙선하더라. 그게 그렇게 기운이 빠진다. 다음날 출근하는 건 다를 바 없는데도. 누가 돼도 처우가 크게 달라지지는 않을 텐데도." 나는 가만히 듣는다. 먹고사는 일과 씻을 힘을 거쳐 우리는 희망에 다다른 것이다. 정확히는 희망 없음의 상태에. B가 잔을 높게 든다. "혹시 알아? 이번엔 달라질지도. 그게 누워 있던 나를 일으켜 투표장에 가게 한다?" 희망이 다시 자리에 깃든다.

얼큰하게 취한 A가 말한다. "그래도 해야겠지?" 내게는 그 말이 물음이 아니라 다짐처럼 들린다. "나는 투표 안 하면 무임승차 같아서 느낌이 별로더라고. 내가 지지한 후보가 낙선하면 당장은 기분이 좋지 않지. 그땐 감시자가 된다?" B의 말에 A가 반응한다. "감시자라니?" "당선된 후보가 잘하고 있나 틈틈이 살피는 거지. 공약은 잘 이행하고 있나, 동네 사정은 좋아졌나 그런 거." 자신이 몸담은 곳이니, 그 몸을 바지런히 움직이면 보이는 게 많을 것이다.

"혹시 아니? '혹시나' 하는 마음이 '역시나'가 될지도 모르지만, '얼씨구나'가 될 수도 있잖아. 조금씩이나마 세상이 나아질 수 있다고 믿지 않으면, 삶이 참 팍팍하잖아." 말하는 도중, 포털 메인 화면의 뉴스들이 눈앞을 스친다. 자기기만이 아닐까? 한숨이 나오려는 찰나 A가 말한다. "그거 혹시 '혹시나'의 힘 같은 거야?" 한숨이 쏙 들어가고 웃음이 비어져나온다. "그래. 내가 혹시나 하고 연락해서 우리 만난 거잖아. 사람을 잡기도 하지만 살리기도 하는 게 혹시나 같아."

　다음에 만날 때 우리는 각자의 '혹시나'를 하나씩 지참하기로 했다. 피곤한 몸을 기어이 일으키는 힘을, 어떻게든 제 할일을 다하고자 하는 마음을, 한 치 앞을 못 보더라도 거기에 밝은 것이 있으리라는 믿음을, 그리하여 '혹시나'라는 희망을. (3월 21일)

노란 리본은
오늘도 노랗다

 친구들과 만날 때면 대화 도중 '옛날'이 자주 소환되곤 한다. "옛날에는 그랬었잖아." "옛날이랑 달라졌네?" 같은 형태로 주로 쓰인다. 짧게는 오 년, 길게는 이십 년 전을 가리키는 옛날이다. 옛날을 많이 쓸수록 기성세대에 가까워지는 것 아니냐고 이야기하니, 친구가 이렇게 고쳐 말한다. "그냥 속시원히 꼰대라고 이야기해. 우리도 옛날에 선생님들을 가리켜……" 말을 잇지 못하는 이유가 느닷없이 선생님이 떠올라서는 아닐 것이다. 또다시 말속에 옛날을 담았기 때문이다. 이쯤 되면 옛날 없이 이야기가 진행되기 힘들다는 사실을 순순히 인정할 수밖에 없다.

 옛날의 주기가 점점 짧아지고 있음은 분명한 듯하다. 어제의 소식은 더이상 뉴스가 되지 못한다. 바쁜 일정을 소화하다보면 지난주의 만남이 아득하게 느껴진다. 공원에서 만난 아이는 숙제 다 했느냐는 아빠의 물음에 "옛날에 다 했어요!"라고 대답한다. 진작을 강조하는 과장법일 테지만, 이는 시시각각 급변하는 사회상을 보여주는 것이기도 하다. 개봉한 지 한 달이 지나면 영화는 옛날 영화가 되고 출간된 지 두세 달이 지나면 신간은 구간의 자리로 밀려난다. 그 틈을 비집고 새로운 것이 하루가 멀다 하고 쏟아져나온다. 옛날에 머물지 않으려고, 옛날로 밀리지 않으려고 하릴없이 몸과 마음만 바빠진다.

얼마 전에는 '어제가 옛날이다'라는 표현을 접했다. "변화가 매우 빨라 짧은 시간 사이의 변화가 아주 크다"라는 뜻이라고 한다. 어제가 옛날이니 그제는 고릿적일 것이다. 나도 모르게 과거의 유행어가 튀어나오면 낡은 옛말을 쓰는 늙은 사람 취급을 받는다. 옛날 분위기를 느끼고 싶어 복고풍의 상점을 찾지만, 옛날 사람이 되는 일은 적극적으로 거부한다. 이런 식이라면 옛날이야기는 설화로, 옛정은 전생의 감정으로 거슬러올라갈지도 모른다. 상대가 가리키는 옛날과 내가 떠올리는 옛날 사이에 시차가 있는 것도 문제다. 누군가한테는 옛날이 내게는 얼마 전처럼 느껴지기도 하고, 각자의 옛날이 동상이몽의 풍경으로 나타나기도 한다.

옛날이라는 단어는 오묘하다. 그것은 호랑이 담배 피우던 시절을 일컫기도 하고 소싯적이나 한창때를 가리키기도 한다. 유행에 기민하게 반응하는 이에게 작년 이맘때 산 옷은 옛날 옷처럼 느껴질 것이다. 밀물 들듯 쏟아지는 뉴스에 허우적대다 보면 지난 총선도 옛날 일 같다. 어젯밤 상념이 오늘 아침 희소식에 자취를 감추면 그것은 곧장 옛날 생각이 된다. 조선시대도 옛날이고 한일 월드컵이 개최된 2002년도 옛날이다. 첫사랑은 늘 옛사랑 같고 얼마를 살았든 고향 집은 옛집이다. 몸은 옛날 같지 않고 옛날에 품었던 꿈은 시간이 지날수록 더욱더 근사하게 느껴진다. 옛날은 환상을 자극하면서 못다 이룬 것들을 눈앞에 와르르 쏟아낸다. 옛날 앞에서는 누구나 속수무책이된다.

십 년 전 그제 세월호 참사가 있었다. "아직도?"라고 묻는 이에게 "여전히"라고 답하고 싶다. 얼마 전 세월호 참사가 화두에 오른 자리가 있었다. "옛날 일이잖아. 이제 앞으로 나아가야지." 누군가가 그 말을 받았다. "앞으로 나아가려면 문제가 해결되어야지. 시곗바늘이 돌아간다고 무조건 미래가 되는 것은 아니잖아." 그는 옛날이 되지 못한 옛날을 이야기하고 있었다.

물리적인 시간의 흐름이 옛날을 만드는 것은 아니다. 상실의 고통과 슬픔 안에서 시간은 낡지 않기 때문이다. 문제가 해결되지 않았다면 시간 경과와 상관없이 사건은 현재진행형이다. 오늘을 살지 않는 것이 아니다. 어제의 일을 짊어지고 사는 것이다.

십 년이면 강산도 변한다지만, 강산이 변하는 동안 어떤 감정은 더욱 진해지기도 한다. 내가 그 안에 적극적으로 머물고 있다면 제아무리 시간이 흐른다 한들 옛날은 없다. 매일매일 진해진 감정으로 우리 앞에 나타난다. 노란 리본은 오늘도 노랗다. (4월 18일)

비지의
열번째 뜻

어릴 때는 바쁜 사람이 멋져 보였다. 그런 사람들은 TV에 자주 나왔는데, 목소리나 손동작에도 당당함이 묻어 있었다. 정장을 입은 채 출근하고 회의하고 종일 바쁘게 일하면서도 엷은 미소를 잃지 않았다. 퇴근길의 손에 들린 서류 가방에는 비밀 문서가 들어 있을 것 같았다. 심각한 고민에 빠져 있을 때조차 멋져 보였다. 영웅은 위기를 극복하며 더 강해지는 법이니까. 바쁜데도 여유를 잃지 않고 철두철미하게 일을 처리하는 그 모습을 닮고 싶었다.

저 때를 떠올리면 아득하다. 직장을 퇴사한 지 어느덧 팔 년이 되었고 정장을 입고 외출하는 경우는 거의 없다. 서류 가방 대신 에코백을 메는 일이 많고 고민이 깊어지면 머리를 쥐어뜯는다. 어찌어찌하여 바쁜 사람이 되었지만, 여유는 없고 결정적인 순간에 덤벙대기 일쑤다. 호기롭게 걷다가 얼음판 위에서 보기 좋게 미끄러지는 사람처럼 말이다. 삶의 많은 부분에서 철두철미보다는 용두사미에 가까워졌다.

며칠 전, 지하철 역사에서 한 외국인이 물었다. "아 유 비지?" 손에 들려 있는 전단을 보고 포교 목적임을 직감했다. "예스, 아이 엠." 그는 거절당하는 데 익숙해 보였고 실제로 바쁘기도 해서 양심에 찔리지는 않았지만, 집에 오는 길에 저 말이 자꾸 떠올랐다. "아 유 비지?" 혹시 그 전단이 미아 찾기, 난민 구제 등 다른 내용을 담고 있지는 않았을까. 바쁠 때는 정작 눈앞의 풍경을 제대로 보지 못하기 때문이다. 그래서 후회하는가? 나는 속으로 묻고 답한다. "예스, 아이 엠."

집에 와서 괜히 '비지busy'의 뜻을 찾아보았다. 바쁜, 열심인, 붐비는, 통화중인, 너무 복잡한…… 여유라고는 느껴지지 않는 단어다. 내친김에 국어사전을 펼쳐 무수한 비지들에 도착했다. 예상한 대로 비지가 가리키는 첫번째 단어는 "두부를 만들고 남은 찌꺼기"였다. 비지가 가리키는 단어는 총 열한 개였는데, 그것은 광업, 법률, 불교, 매체 등에서 두루 쓰였다. 비석에 새긴 글을 비문 대신 비지碑誌라고도 한다는 사실, 고을이나 국경의 경계선이 고르지 못하고 들쭉날쭉할 때 그것을 비지比地라 일컫는다는 사실도 알게 되었다. 비지를 찾는 여유를 부리고 있다고 생각하니 하루의 피로가 조금 풀리는 것도 같았다.

여유가 없을 때면 뭘 자꾸 놓치고 있는 게 아닌지 염려된다. 새 소식이나 기념일이 아니라 일상의 신비나 가까운 사람의 안부 같은 것 말이다. 생각은 생각을 낳고 가뜩이나 여유가 없는데도 잠잘 여유마저 스스로 포기하고 만다. 여유가 없을수록 밤이 길어지는 이유다. 일이 많아서 길어지고, 이 많은 일을 대체 언제 다 하나 고민해서 더 길어진다. 낮의 시간을 반추하는데 쓸데없이 많은 시간을 할애하기도 한다. 아까 전화할 때 내 목소리가 너무 딱딱하지는 않았을까, 못한다고 거절했어야 할 일을 선뜻 수락한 건 아닐까, 메일에 성의 없이 답한 건 아닐까, 봄에 보기로 한 친구에게 왜 오늘도 연락하지 못했을까……

비지가 가리키는 아홉번째 단어를 보고 기분이 누그러졌다. "보잘것없는 곳이라는 뜻으로, 자기가 사는 곳을 낮추어 이르는 말"이 바로 비지鄙地였다. 여기가 비루하고 속된 곳임을 인정하고 나니, 새들한 것 하나하나에 집착하는 게 사치처럼 느껴졌다. 새들한 것을 다시 들여다보게 만든 것은 열번째 비지였다. 비지의 열번째 뜻은 "코를 풀거나 닦는 데에 사용하는 종이"인 비지鼻紙였다. 그냥 휴지라고 해도 될 텐데, 비지라고 하면 그 휴지로 꼭 코를 풀어야만 할 것 같았다. 비지의 비슷한 말로 '코지'가 있다는 설명을 읽고 나서는 입가에 넌지시 미소가 번졌다.

작은 사물과 자디잔 감정에 이름을 붙여주는 것이야말로 바빠도, 아니 바쁠수록 해야 하는 일이다. 비지의 열번째 뜻이 휴지를 구체화하듯, 여유 속에서 나는 분명해진다. (5월 16일)

요리와 글쓰기

"오밤중에 뭘 또 만들어?" 방문을 열고 나오며 형이 묻는다. 별도리가 없다는 듯 씩 웃고 만다. 도마 위에는 토막 난 애호박과 양파가 가지런히 놓여 있다. "오늘도 글이 잘 안 풀린 거야?" 형이 다시 묻는다. 나는 여전히 웃고 있다. 곧바로 들기름을 두르고 프라이팬 위에서 지지고 볶는 시간이 이어진다. 다진 마늘을 듬뿍 넣고 새우젓을 넣어 간을 맞춘다. 이윽고 완성된 애호박볶음 위에 통깨를 솔솔 뿌린다. 오밤중에 뭘 또 만드는 시간이 끝났다. 시계를 보니 고작 이십 분 정도가 지났다.

원고가 잘 안 풀리거나 다 쓴 원고가 영 마음에 들지 않을 때면 요리에 돌입한다. 요즘 들어 요리하는 횟수가 부쩍 늘어난 것을 보니 헛웃음이 난다. 글쓰기 실력이 늘어야 하는데 요리

실력만 향상되고 있다. 이십 분 만에 내일의 밑반찬이 생겼다는 뿌듯함도 잠시, 오늘 하루도 공쳤다는 슬픔이 찾아온다. 글쓰기는 왜 매번 어려울까. 앉은자리에서 뚝딱 완성되는 기적은 평생 일어나지 않을 셈인가. 그럼에도 나는 왜 쓰는 일에 이리도 안달복달 매달리는가. 밑 빠진 독에 물을 붓다보면 언젠가 독의 밑이 밑반찬처럼 생겨날 거라 믿는 것인가.

언젠가 형이 물은 적이 있었다. 글을 쓰고 온 날이면 무척 피로할 텐데 왜 그리 요리에 매달리는지 말이다. "이건 완성이 되잖아." 즉각적으로 튀어나간 말이다. "싱겁든 짜든, 설익었든 푹 익었든 적어도 먹을 수는 있잖아." 지금 돌이켜보니 이는 분명 나 자신에게 한 말이다. 글을 쓰고 난 다음에 찾아오는 성취감을 나는 요리를 통해서 얻으려고 했던 것이다. 오늘 하루를 허투루 보내지 않았다는 것을 스스로 증명하고자 했는지도 모른다. 적어도 요리는 음식이라는 눈에 보이는 결과물로 나타나니까.

요리하는 과정과 글 쓰는 과정은 묘하게 닮았다. 요리할 때 식재료를 준비해야 하듯, 글을 쓰기 위해서는 일상의 장면이나 단어를 그러모아야 한다. 조리법에 따라 식재료가 다양한 요리로 탄생하듯, 특정 소재가 어떤 장르의 글이 되느냐에 따라 글의 양상도 사뭇 달라진다. 처음 마주한 식재료 앞에서 난감하 듯, 퍼뜩 떠오른 아이디어 앞에서 그것을 어떻게 풀어야 할지 고심하기도 한다. 익숙한 요리라고 해서 매번 맛이 같은 것은 아니다. 지난번과 똑같은 과정을 거쳤더라도 간이든 질감이든 맛이 묘하게 다르다. 글 또한 마찬가지다. 풀 한 포기, 나무 한 그루에 관해 쓰더라도 이전과 완전히 똑같이 쓸 수는 없다. 그 사이 풍경도 변하고, 그 풍경에 깃드는 시선도 달라졌기 때문 이다.

요리와 관련된 동사를 떠올린다. 까다, 썰다, 저미다, 빻다, 으깨다, 갈다, 섞다, 붓다, 젓다, 녹이다, 굽다, 볶다, 튀기다, 찌 다, 끓이다, 쑤다, 무치다, 부치다, 절이다, 조리다, 삶다 등 일 일이 열거할 수 없을 정도다. 식재료라는 명사와 위의 동사가 요리라는 명사로 탄생하는 장면은 상상만으로도 뿌듯하다. 맛 있다, 훌륭하다, 환상적이다 등의 형용사가 따라온다면 기쁨은 배가될 것이다. 튀긴 음식이 기름 위로 고개 내밀듯 금세 완성 되는 글도 있지만, 찌거나 삶을 때처럼 오랫동안 기다려야 하 는 글도 있다. 죽을 쑬 때처럼 젓기를 멈추어서는 안 되는 글도 있다. 절여야 음식으로 완성되는 식재료처럼, 진득하게 기다려 야 글로 탄생하는 소재도 있다.

더 알맞게 만들기 위해 조미료를 사용하는 것처럼, 나 또한 글 쓸 때 부사를 그런 방식으로 활용한다. 요리에도 글쓰기에도 적재적소가 필요하다. 막 완성된 음식을 맛보고 "아!" 탄성을 내뱉듯, 글쓰기의 마지막에 늘 감탄사가 깃들길 염원한다. 슬픈 일은 쓴다고 해서 다 읽을 만한 글이 되는 것은 아니라는 점이다. 글을 쓰면서 나는 역설적으로 먹을 만한 음식이 얼마나 귀한지 깨닫게 되었다.

읽을 만한 글을 쓰는 사람은 쓸 만한 사람일까, 오늘도 생각한다. (6월 13일)

귀담아듣는 일은
장하다

오랫동안 진행하던 도서 팟캐스트 〈책읽아웃〉의 마지막 녹음을 마쳤다. '마지막'과 '마치다'는 둘 다 끝을 암시하는 단어인데, 이 둘이 함께 있으니 비로소 끝났다는 사실이 실감난다. 육 년 하고도 삼 개월이었다. 실감난다고 썼으나 아마도 시간이 좀 흐른 뒤에야 마침표가 선명해질 것 같다. 이십칠 년간 진행했던 라디오 프로그램에서 하차하면서 결국에는 눈물을 참지 못했던 최화정님이 얼핏 떠올랐다. 그는 절대 울지 않겠다고 마음먹었으나 "너무너무 수고했고 너무너무 장하다. 내가 늘 칭찬하잖아. 무슨 일을 오래 한다는 건 너무 장하고, 너는 장인이야. 훌륭하다"라는 윤여정님의 음성 편지를 듣고 오열을 참지 못했다.

마지막 방송에 임하기 전까지도 나는 내 마음의 추가 어디로 기울어져 있는지 정확히 알지 못했다. 시원섭섭함일까, 아쉬움일까, 그것도 아니면 노여움일까. 마지막 녹음 날에는 청취자 사연을 소개했는데, 개중에는 미안하다는 말이 유독 많았다. 왜 미안해할까, 미안해야 하는 건 우리가 아닐까? 그제야 눈물이 줄줄 흘렀다. 이 방송을 만든 것은 우리지만, 이 방송이 지속될 수 있었던 동력은 청취자의 존재였다. 들어주셔서 감사하다고 늘 인사하면서도, 생면부지의 누군가에게 건네던 인사의 아득함이 비로소 생생해지는 순간이었다. 국내외에서 날아든 사연에는 〈책읽아웃〉이 당신에게 어떤 의미였는지가 빼곡 적혀 있었다. 어떤 목소리가 집안일, 산책, 여행, 출장, 출퇴근 등 일상 틈틈이 스며든다는 게 얼마나 진귀하고 소중한 일인지 알 수 있었다.

며칠 후, 첫 방송과 마지막 방송에 함께해준 김민정 시인에게서 문자가 왔다. "애썼다 은아. 참말 장하다." 그 문자를 읽는데 봇물 터지듯 눈물이 났다. 장하다는 말에는 대체 어떤 힘이 깃들어 있는 것일까. 요지부동, 아니 갈팡질팡하던 마음의 정곡을 찌르는 말이 다름 아닌 '장하다'였다. 장하다는 "기상이나 인품이 훌륭하다" "크고 성대하다" "마음이 흐뭇하고 자랑스럽다"라는 뜻을 가진 단어다. 첫번째와 두번째 뜻은 내게 아직 요원하고, 세번째 뜻에 이제야 가까스로 도달한 느낌이 든다. 아버지가 돌아가셨을 적에도 나는 내 몫을 다하기 위해 마음을 꼭 붙들고 스튜디오에 갔었다. 슬플 때나 기쁠 때나 나의 자리가 있었다. 내 자리 앞에는 매번 나의 스승이 앉아 있었다. 한 권의 책이, 한 사람의 삶이 있었다. 귀기울일수록 더 생생해지는 목소리가 있었다.

　한 시절이 흘러간다. 말하는 사람인 줄 알았는데, 돌아보니 나는 듣는 사람이었다. 잘 말하기 위해, 아니 제대로 듣기 위해 꼼꼼히 책을 읽었다. 읽는 일은 겪는 일이었다. 그가 이미 한 번 겪은 일을 머릿속에서 다시 겪는 일이었다. 그 과정에서 지평이 넓어지는 것은 물론, 내가 그간 일궈왔던 땅이 더욱 비옥해지기도 했다. 너비가 넓어지면서 역설적으로 밀도가 높아졌다. 그것을 듣는 것은 겯는 일이었다. 풀어지거나 넘어지지 않도록 이야기 바구니를 촘촘히 엮고 짜는 일이었다. 겪음과 겯음을 거치면서 듣는 일은 몸담는 일이 되었다. 발이 푹푹 빠지더라도 어떻게든 여기에서 저기로 건너가고자 했다. 몰랐던 세계가 거기 있었다. 그 세계 덕분에 편견이 깨졌다. 깨지면서 나는 매번 깨어났다.

어쩌면 '장하다'가 가리키는 대상은 내가 아니라 시간이 되어야 할지도 모르겠다. 말을 주고받으며 나직이 내쉬던 탄식이, 서로 귀를 내어주며 차오르던 공명共鳴이 그 시간에 있었다. 그 시간 안에서는 쓰기 이전에 읽기가, 말하기 이전에 듣기가 있었다. 보이지 않는 벽이 허물어지면 나를 둘러싼 세계가 한 뼘 더 넓어졌다. 듣는 일은 귀하다. 가려듣는 일은 보람차다. 귀담아 듣는 일은 장하다. 귀함과 보람참을 거쳐 장함에 도달하는 일, 지난 육 년 삼 개월간 팟캐스터로서 사는 삶이 내게는 그랬다. (7월 11일)

매일매일
탐구 생활

초등학교 다닐 적에 『탐구 생활』이라는 학습 교재가 있었다. 보통 방학하는 날에 받았는데, 『탐구 생활』의 빈칸을 채우는 일은 일기 쓰기만큼 어려웠다. 커다란 원에 하루치 시간표를 그려넣는 것부터가 고역이었다. 미루지 않는 습관이 얼마나 중요한지 절절히 깨닫기도 했다. 그걸 깨달은 게 개학 전날이라는 사실이 문제였다. 당시에는 신문 말고 지난 날씨를 알 길이 없었기에 일기를 몰아 쓸 때면 늘 진땀이 났다.

여름방학 시기라 『탐구 생활』이 떠올랐지만, 국어사전을 펼쳐 탐구의 뜻을 찾아보고 나니 생각이 길어졌다. 먼저 첫번째 탐구. 탐구探求는 찾을 탐 자, 구할 구 자가 결합한 데서 유추할 수 있듯, "필요한 것을 조사하여 찾아내거나 얻어냄"이란 뜻이다. 찾기와 얻기가 아닌, 찾아내기와 얻어내기다. '내다'가 중요한 이유는 그것이 스스로 힘으로 끝내 이루어짐을 의미하기 때문일 것이다. 이는 탐구에 실패는 없다는 말이기도 하다.

두번째 탐구. 탐구探究는 찾을 탐 자, 연구할 구 자를 쓴다. "진리, 학문 따위를 파고들어 깊이 연구함"이란 뜻인데, 여기서 중요한 속성은 바로 '파고듦'에 있다. 학문을 탐구하든, 진리를 탐구하든 안으로 들어가지 않으면 안 되는 것이다. 자연스레 탐구에는 깊이가 필요하다는 사실을 상기하게 된다. 비집고 들어가 샅샅이 살피는 데 긴 시간이 뒤따를 것임은 자명하다. 탐구는 그 자체가 목적이 되기에 성패의 향방을 가늠하기 어렵다. 성패를 따지는 게 불필요하다. 어쩌면 탐구探究의 결과로 탐구探求가 이루어지는지도 모른다.

그리고 세번째 탐구. 탐구貪求는 탐낼 탐 자에 구할 구 자를 쓰고, "욕심을 내어 가지려 함"이란 의미로 사용된다. 탐구探求든 탐구探究든, 그 기원을 거슬러올라가면 그 자리에 탐구貪求가 있을 것이다. 무언가를 알고 싶다는 마음, 진리를 깨닫고 싶다는 바람 또한 욕심에서 비롯하기 때문이다. 그러나 탐구 과정에서 배우는 것은 어쩌면 욕심을 내어 가지려 할수록 지식이든 진리든 더 멀어진다는 사실이다.

탐구는 앞으로 가는 일이다. 나아가겠다는, 깨달아서 변화하겠다는 의지로부터 앎은 시작된다. 그러나 찾아냄과 파고듦은 어쩔 수 없이 육체적·정신적 피로를 동반한다. 하루아침에 결실이 이루어질 리 만무하기 때문이다. 그때 필요한 것이 반성이다. 잘못해서가 아니다. 더 잘하기 위해서다. 반성反省에는 돌이킬 반 자와 살필 성 자를 쓰는데, 이는 반성이 뒤로 가는 일임을 보여준다. 탐구와 반성을 번갈아 해야 길을 잃지 않을 것이다. 앞만 보며 갈 때면 나의 위치를 파악할 겨를이 없다. 앞서거니 뒤서거니 하다가 때때로 새로 난 길을 발견할 수도 있을 것이다. 거기서 또다른 탐구가 시작된다.

길을 걷다가 문득 멈춰 설 때가 있다. 그러곤 뭔가 놓치지는 않았는지 슬며시 뒤돌아본다. 내가 걸어온 자취를 살피는 것이다. 방향은 앞으로만 나 있는 것이 아니다. 걸어온 길이 걸어갈 길을 일러주기도 한다. 탐구하는 일이 '아직'에 다가가는 여정이라면, 반성하는 일은 '다시'를 소환하는 결단이다. 탐구와 반성을 거듭하며 나는 나에게 가까워진다. 인생에서 탐하고 찾는 대상이 나 자신이 되는 것이다. 실제로 떠나지 않으면 여행이란 낱말도 '아직'의 상태다. 딛고 일어서지 않으면 '다시'란 낱말은 아직 움츠러든 상태다. 탐구 생활은 아직 오지 않은 것을 마주하기 위해 다시 길 위에 서는 일이다.

『탐구 생활』은 개학하는 날 제출해야 했지만, 탐구가 과연 끝날 수 있을까. 언젠가 완성될 수 있을까. 어쩌면 삶은 매일매일의 탐구 생활을 통해 겨우 짐작될 수 있을 뿐이다. 이는 역설적으로 탐구와 반성이 언제든 이루어질 수 있음을 보여준다. 탐구와 반성에는 '늦게'는 없고 '제때'만 있을 뿐이다. 마음이 향하는 일에 뒤늦음은 없다. (8월 8일)

짐작의 힘

상대의 낯빛을 살핀다. 밝은지 어두운지, 밝음과 어두움이 혼재되어 있는지. 사람의 몸에 빛과 그림자가 수시로 통과한다고 믿는 것이다. 그러곤 조심스럽게 말문을 여는 것이다. 상대가 말할 때 함께 나오는 기운을 헤아린다. 그것이 뿜어져나오는지, 새어나오는지 파악한다. 뿜어져나올 때면 들뜸이 잠잠해질 때까지 기다린다. 새어나올 때면 어떻게 기운을 북돋울 수 있을지 고민한다. 자신이 먼저 에너지를 발산함으로써 상대의 그것을 끌어올릴 수도 있고, 완만한 상승을 노리고 말에 말을 차근차근 보탤 수도 있을 것이다. 친구가 알려준 '처음'의 비법이다.

"처음이라니? 첫 만남에만 가능하다는 거야?" 친구가 답한다. "아니, 모든 만남의 첫 순간에 해당해. 설사 상대를 어제도 만났더라도." 혹시 오늘의 만남도 그에게는 살피는 일이었을까. 그가 피곤하진 않을지 못내 걱정된다. "매번 그런 방식으로 사람을 만나면 힘들지 않아?" 그는 둘 이상의 사람이 모여 '함께'의 상태가 되면, 누구든 상대를 아예 신경쓰지 않을 수는 없다고 했다. "밥을 예로 들어볼까. 혼자일 땐 내가 먹고 싶은 걸 먹거나 대충 때우게 되잖아. 상대가 있으면 그 사람이 좋아하는 게 뭔지 따지게 되지. 함께 먹어야 하니까. 나는 그 일을 처음부터 하는 거야. 만남의 첫 순간부터."

그는 만나는 사람을 진심으로 대한다. 처음 만났든, 여러 번 만났든 만남에는 늘 첫 순간이 있다. 그 순간부터 상대를 조용히 관찰하는 것이다. 부담을 주지 않으면서도 받는 이는 충분히 배려받고 있다고 느끼게끔 한다. 이 태도는 갈등이 불거지지 않게 하는 신중함, 상처가 생길 가능성을 미리 차단하는 섬세함, 섭섭함이 노여움이 되지 않게 하는 치밀함이 없으면 불가능하다. "여기서 중요한 건 '가만가만'이야." 그는 가만히 힘주어 말한다. 그의 말처럼 한 발짝 떨어져 있을 적에만 보이는 게 있다. 누구나 등잔 밑이 어두운 건 알고 있지만, 등잔을 직접 들어 확인하고 내친김에 그것이 놓인 자리를 닦지는 않는다.

"너는 짐작하는 사람이로구나." 내 말에 그가 환히 웃는다. 대화의 물꼬로 맑은 물이 흐르기 시작한다. 집에 오는 길에 짐작을 찾아보았다. 짐작을 짐작하는 데서 그치는 대신, 짐작이 뭔지 제대로 알기 위해서다. '짐작할 짐斟'과 '술 부을 작酌'으로 이루어진 짐작은, 넘치지 않게 따르려면 신중해야 함을 의미한다. 대작對酌할 때 이 정도면 충분할지, 조금 천천히 따를지 생각하는 일은 대화에도 그대로 적용된다. 말이 과하면 소란이 되고 일방적으로 주도되는 대화는 공허한 웅변과 다를 바 없다. 짐이 '술 따를 짐斟'이기도 하다는 것은 짐작이 '따르고 붓는 일'임을 상기시킨다. 신중에 신중을 거듭하는 일이 바로 짐작이다.

짐작하며 살피는 사람, 미루어 생각하며 헤아리는 사람, 대화의 물꼬가 트이는 데 시간이 걸려도 한번 트인 물꼬가 저 멀리까지 연결될 수 있도록 수를 쓰는 사람, 그럴 '수'밖에 없음을 뾰족한 '수'로 만드는 사람, 그리하여 의존명사였던 '수'를 자립명사의 자리로 바꾸어놓는 사람이 다름 아닌 그였다. 짐작은 겉으로 보기엔 고요하지만, 짐작하는 사람의 마음속은 시종일관 법석인다. 짐작할 때 취하게 되는 가만가만함은 그 어떤 일도 고만고만하게 취급하지 않게 한다. 짐작은 따르고 부어 바닥을 표면으로 드러나게 하는 일이기 때문이다.

　짐작은 '두루'와 친하다. 상대를 궁금해하는 데서 짐작은 시작되고, 그 궁금함은 애정 어린 질문으로 연결된다. 짐작이 멀리해야 할 단어는 '지레'다. 오죽하면 성급한 짐작을 일컫는 '지레짐작'이란 단어가 생겼겠는가. 첫 단추를 잘못 끼우면 말끔한 복장이 완성되지 않듯, 첫 순간마다 첫말을 잘 건네고 첫 표정을 잘 지어야겠다. 그럴 때 짐작의 끝에 비로소 이해가 찾아올 것이다. (9월 5일)

숨은 보금자리 찾기

　며칠 지역 출장을 다녀왔더니 온몸이 찌뿌듯하다. 씻고 침대에 걸터앉으니, 여기가 내 누울 자리구나 싶다. 침대 옆에 놓인 읽다 만 책을 편다. 들뜬 마음을 가라앉히고 나흘 전으로 자분자분 돌아갈 시간이다. 읽고 있던 책은 오수영이 쓴 『사랑하는 일로 살아가는 일』(고어라운드, 2024)이다. 둘 다 우리가 매일 한다고 믿어 의심치 않지만, 누군가 "제대로?"라고 물으면 선뜻 그렇다고 답하기 어려운 일이다. 사랑하는 일의 온도와 살아가는 일의 채도는 사람마다 다르고, 뜻대로 사랑하고 잘 살아가고 싶은 계획은 마음처럼 되지 않는다.

　책을 읽다가 다음 대목을 여러 번 읽었다. "여러분은 삶이 힘들 때 가장 먼저 혹은 가장 마지막으로 누구를 찾아가시나요.

맞아요. 그래서 저도 일단 본가인 대전으로 갑니다." 승무원 생활과 작가 생활을 병행하던 도중, 그는 버거움을 느끼고 잠시 멈춤을 선택한다. 몸에 맞는 옷과 마음에 걸맞은 상태를 찾기 위해서, 상황 앞에서 물러서지 않고 당당히 맞설 용기를 되찾기 위해서. 찾고 되찾는 일을 위해서 필요한 것은 다름 아닌 누울 자리다. 누워서 편하게 발 뻗을 수 있는 보금자리. 그 자리에서 회복하고 일어난 나는 이전의 나와는 다를 것이다.

보금자리는 "새가 알을 낳거나 깃들이는 곳"을 뜻한다. '길들이는 곳'이 아니라 '깃들이는 곳'이라는 점이 중요하다. 깃들인다는 것은 그 안에 들어 살기 위해 자리잡는 과정을 포함하는 것이기 때문이다. 깃들임이 이루어진 다음에야 길들임이 가능해질 것임은 명백하다. 보금자리는 또한 비유적으로 "지내기에 매우 포근하고 아늑한 곳"을 가리킨다. 오수영 작가처럼 본가를 보금자리로 생각하는 사람도 있을 것이고, 비좁고 불편하더라도 자신이 현재 머무는 집에서 안락함을 느끼는 사람도 있을 것이다. 매일 들르는 카페나 머리를 식히기 위해 찾는 공원을 보금자리로 삼을 수도 있겠다. 불확실함이 가득한 사회에서 확실함을 선사하는 곳이 보금자리다.

보금자리가 꼭 하나만 있을 이유는 없다. 그것이 꼭 나의 소유일 필요도 없다. 어쩌면 삶이란 곳곳에 숨어 있는 보금자리를 찾아다니는 여정일지 모른다. 직장에 다닐 적, 내 보금자리는 회사 옥상이었다. 힘들 때면 탁 트인 곳에서 위를 올려다보고 아래를 내려다보는 일을 반복했다. 멀찌감치 서서 무표정하게 걸어가는 사람들을 바라보고 있노라면 이상하게 위안이 되었다. 그들과 내가 나눠 가진 것은 명쾌한 답이 아니었다. 흐리터분한 질문이었다. 옥상 계단을 내려갈 때면 이상하게 다시 직장에 깃들 힘이 생겼다. 단골 카페의 구석진 자리도 또하나의 보금자리였다. 그곳에서는 다만 가만히 존재할 수 있었다. 내가 나임을 증명하지 않아도 된다는 게 얼마나 홀가분한지 절절히 깨달았다.

보금자리와 새를 떠올린 덕분일까. 돌아오는 길에는 "삶은 달걀 같다"라는 표현을 곱씹었다. 마침 사흘 전 강연 때 비유에 관해 이야기하며 들었던 예시다. "왜 그럴까요?"라고 물으니 갖가지 답변이 흘러나왔다. 사랑하는 일의 온도와 살아가는 일의 채도가 다른 것처럼, 사람들에게 달걀은 다 다른 알인 모양이다. "겉과 속이 달라서요?" "언뜻 비슷하게 생겼지만, 자세히 보면 다 다르니까요?" 등의 답변을 들으며 연신 고개를 끄덕였다. "어떻게든 깨지잖아요. 깨져야 태어나니까요. 나타나니까요.

다음 장면이 펼쳐지니까요." 말하면서 알아차렸다. 깨지기 전까지는 달걀도 보금자리였다는 것을.

천변을 걷는다. 걷다가 벤치에 앉는다. 앉으면서 알아챘다. 나는 줄곧 이 벤치에만 앉아왔다는 것을, 이 벤치는 다른 것에 비해 생채기도 많고 낡았는데 버릇처럼 그렇게 해왔다는 것을. 이곳이 내 또다른 보금자리였던 것이다. 벤치에서 일어서며 상상한다. 아직 가보지 않은 보금자리에 선선히 깃들고 길드는 나를. 포근하고 아늑하다. (10월 3일)

어떤 단어는
삶을 관통한다

이십 년 전의 일이다. 집에 가는 길에 문득 혼잣말이 튀어나왔다. "블로그를 개설해야겠어!" 나지막한 음성이었지만 결의로 가득차 있었다. 그때 그 길이 오르막길이어서 그랬을지도 모른다. 비탈진 길을 걸을 때면 온몸에 힘이 들어가니까. 그 힘이 간혹 난데없는 결심을 싹 틔우기도 하니까. 내가 살던 집은 언덕에 있었다. 일명 고시촌이라 불리던 곳이었다. 위로 올라갈수록 보증금과 월세가 조금씩 내려가던 길이었다. 안온해 보였지만 속을 까뒤집어보면 치열함으로 들끓는 곳이었다. 하루에도 몇 번씩 그 길을 오르면서 나는 언젠가는 내려갈 수 있기를 바라고 또 바랐다.

블로그를 미래의 새 둥지로 여겼던 것일까. 집에 오자마자 그 결심을 곧장 실행으로 옮겼다. 2004년 5월 18일이었다. 당시에 블로그를 설명하는 글에 나는 이렇게 적어두었다. "나는 나의 모티프를 쥐고 있어요." 이는 내 간절한 바람이기도 했다. 삼 년 차 시인이었지만, 내가 시인인 걸 아는 이는 극소수였다. 나는 무명이었기 때문이다. 대학 생활이 바쁘다는 핑계로 데뷔 후 거의 시를 쓰지 않기도 했고, 원고 청탁 또한 전혀 없었다. 이런 생활이 계속되면 시와 영영 멀어질 것 같다는 불안감이 들었다. 뭐라도 기록하지 않으면 안 될 것 같았다.

내가 가입한 블로그는 서비스를 시작한 지 반년이 조금 넘은 상태였다. 제때 둥지를 찾은 셈이었다. 음악 형식을 구성하는 가장 작은 단위이면서 예술 작품의 창작 동기가 된 작가의 중심 생각이 바로 모티프다. 동기를 발견하기 위해 가장 작은 단위부터 차근차근 적어나가기로 마음먹었다. 누가 보거나 알아주지 않아도 틈나는 대로 뭔가를 썼다. 나는 나의 모티프를 쥐고 싶었다. 무엇이 나를 쓰게 하는지, 내가 쓴 것이 나를 어디로 이끄는지 알고 싶었다. 무수한 실마리 중 어떤 것이 글이라는 실타래로 결속될 수 있을지 궁금했다.

블로그에 가입하기 위해서는 별명을 정해야 했다. 이전까지 내가 주로 사용하던 별명은 '실버'였다. 내 이름이 '은'이기 때문에 단순하게 지었음을 시인해야겠다. 다시 쓰기로, 제대로 써보기로 결심한 참이니 다른 닉네임이 필요했다. 블로그를 왜 개설하기로 했는지를 떠올린 후, 나는 닉네임을 적는 난에 '불현듯'을 입력했다. 문득, 갑자기, 느닷없이, 난데없이, 홀연히, 돌연히 등 불현듯을 대체할 수 있는 단어들이 많았으나 꼭 '불현듯'이어야만 했다. "불 켠 듯"에 어원을 둔 '불현듯'은 빛과 불을 다 포함한 개념이기 때문이다. 이 단어가 생길 때에는 전기가 없었을 테니, 불을 켜는 일은 빛을 밝히고 온도를 높이는 일이었을 것이다. 깜깜한 한밤중, 촛불을 켤 때 태어나는 작고 밝고 따뜻한 느낌을 잊지 않고 싶었다.

블로그를 개설하고 일 년쯤 흐르자 자연히 이웃이 생겨났다. 개중에는 시인들이 많았다. 그들은 나를 "현듯이"라고 불러주었다. 마치 '불'이 성이고 '현듯'이 이름인 것처럼. 그들의 격려 속에서 나는 다시 시를 쓸 수 있었다. 시를 쓰는 데 꼭 필요한 것은 지면紙面이 아니었다. 모티프를 쥐고 싶은 마음, 작은 불빛 한 점을 가슴에 품고 매일매일 기록하는 태도였다. 돌이켜보니 내가 시인이 된 것도 불현듯 찾아온 일이었다. 내 삶의 분기점에는 늘 저 단어가 있었다. '불현듯' 앞에서 당황하거나 난감할 때도 많았지만, 나는 새 둥지를 트는 마음으로 불을 켰다. 커지 않으면 빛도 온기도 깃들지 않으니까. 불을 움켜쥐려는 용기와 그 불을 꺼트리지 않겠다는 의지만이 필요했다.

어떤 단어는 중요한 순간마다 나타나 삶을 관통한다. 잊고 있었다가도 결정적일 때 다시 나타난다. 따뜻한 커피 한 모금에 펼쳐지는 지난날의 한 장면처럼, 어떤 길을 지날 때 엄습하는 기시감처럼, 한 문장을 쓰고 마침표를 딱 찍었을 때 "아, 되었다!" 하고 튀어나오는 나직한 탄성처럼, 불현듯. (10월 31일)

안식眼識을 위한
안식安息

한 해가 저물어간다. 언제부터 "한 해가 저물다"란 표현이 관용적으로 쓰였는지 알 수 없지만, 크리스마스가 지나고 연말이 가까워질 즈음이면 다들 약속이라도 한 듯 차분해진다. 설렘은 잠시 눌러두고 가만히 올해를 돌아보기 시작해서일까. 꼼꼼한 사람이라면 이미 내년 계획을 세우고 있을 테지만, 기념일의 다음날에 목격되는 거리 풍경처럼 내게 마무리는 복잡하기만 하다. 좀처럼 시작할 엄두가 나지 않는다. 곳곳에 놔두고 온 미련 때문일까, 정리 또한 깔끔하게 끝날 기미가 보이지 않는다.

'저물다'라는 단어에서 우리가 가장 먼저 떠올리는 풍경은 어둠일 것이다. 날이 다 저문 뒤에야 집으로 돌아가는 사람들의 처연한 뒷모습을 그려보며 쓸쓸함에 동참하기도 한다. "저무는 인생"이라는 표현이 새삼스럽지 않게 다가올지도 모른다. 우리 모두 사이좋게 나이를 먹으니까. 한 살 더 먹을 때마다 들뜨던 시절이 있었다는 사실을 상기하며 무수한 저묾이 있었기에 지금의 내가 될 수 있었음을 깨닫기도 할 것이다.

'끄트머리'가 끝뿐 아니라 일의 실마리를 가리키기도 하는 것처럼, 저물고 나서야 시작되는 일이 있다. '세밑'이라는 단어가 밑이 아니라 위를 지향하는 것처럼, 저묾과 동시에 이미 어떤 것이 나타나고 있을 수도 있다. 언뜻 2024년 다음에 2025년이 오는 것만이 자명해 보이지만, 우리는 머릿속으로 열 달 전과 십오 년 뒤를 널뛰듯 상상할 수 있으니 말이다. 어쩌면 올해가 저무는 덕분에 이듬해를 기대할 수 있는지도 모른다. 지난해와 올해에 그랬듯, 이듬해에도 계획하고 시도하고 다시 보기 좋게 실패할지도 모른다. 그래도 우리는 실패를 잊고, 아니 실패를 딛고 또 한번 이듬해를 맞이할 것이다. 희망은 저물지 않기 때문이다.

때마침 김유진의 장편소설 『평균율 연습』(문학동네, 2024)에서 이런 문장을 만났다. "수민은 반복되는 좌절을 통해 삶에서 무언가를 기대하는 것 자체가 기대를 저버리는 일의 시작이라는 것을 깨달았지만, 기대감은 탁월한 적응력을 지닌 자생식물처럼 가슴 한편에서 끈질기게 싹을 틔웠다." 좌절하고 난 다음에서 중요한 것은 '좌절'이 아니다. '다음'이다. 이는 높은 확률로 기대를 저버릴 것을 빤히 알면서도 우리가 기대를 멈추지 않는 이유다. 끈질기게 다음을 상상하는 이유다.

올가을, 내년 1월에 안식월을 갖겠다고 마음먹었다. 프리랜서 생활을 시작한 뒤로 쉬는 날이 따로 없었다. 혹자는 계획대로 쉴 수 있지 않느냐며 프리랜서 생활의 자유로움을 부러워했지만, 지난 몇 년간 나는 테트리스의 블록을 쌓듯 가능한 한 빈틈 없이 일정을 채우고 있었다. 주중에 강연 및 북토크 등을 소화하고 주말에 쉬면 되지 않느냐는 말도 여러 차례 들었다. 그러나 주말은 밀린 원고를 쓰는 시간이었다. 말하기에서 오는 피로를 쓰기가 덜어주는 측면이 있었지만, 쓰는 일 또한 노동이어서 나는 자주 피로를 호소했다. 실은 늘 피로했는지도 모른다. 하물며 무언가를 쓰기 위해서는 읽는 작업이 선행되어야 했는데, 어느 순간에는 읽기가 힘겹게 느껴질 지경이었다. 내가 그렇게도 좋아하던 일이 말이다.

안식월을 갖겠다고 하자 주변에서 묻는다. 쉴 때 무엇을 할 계획이냐고, 어디 여행이라도 다녀올 예정이냐고. 쉬는 게 불안하지 않냐고 조심스레 덧붙이기도 한다. 나는 안식安息은 편히 쉰다는 뜻이라고 답한다. 쉬는 동안 무엇을 하겠다고 결심하는 순간, 또다른 과업이 생겨나는 게 아니냐고 반문한다. 자고로 망중한에는 아무것도 하지 않는 게 최고가 아니겠냐며 너스레를 떨기도 한다. 실은 제대로 쉰 적이 없어서 모르겠다. 하지만 안식으로 얻은 힘으로 안목과 식견을 뜻하는 안식眼識을 넓힐 수 있다고 믿는다. 기대감으로 편히 쉴 것이다. 다음을 상상하기 위해서, 다음의 중심에 더 단단한 나를 두기 위해서.

(11월 28일)

밥심과 갈무리

"나라 꼴이 말이 아니야!" 식당에 앉아 있는데 안쪽 테이블에서 포효하듯 들려온 말이다. 그러자 부끄럽다는 말, **뻔뻔하다**는 말, 지금이 21세기가 맞느냐는 말이 연이어 쏟아져나온다. TV 화면과 테이블 위를 번갈아 쳐다보던 사람들이 밥을 욱여넣는다. 밥심으로 다시 일해야 한다고 한탄한다. 나라 꼴이 말이 아닌데도 목구멍이 포도청이라고 한다. 숟가락과 젓가락을 든 손으로 새벽까지 물건을 날라야 한다고 한다.

한동안 뉴스를 보는 게 괴로웠다. 새 소식이 늘 희망적이지 않음을 안다. 그것이 으레 난데없음, 어이없음과 함께 찾아옴을 모르지 않는다. 나라 꼴이 말이 아닐 때마다 시민의 힘이 얼마나 위대한지를 깨닫지만, 다음날이 되어도 변한 것이 없다는 걸 발견하는 순간 맥이 빠져버린다. 밥심으로 다시 일하러 나가지만 돌아올 때면 가슴 어딘가에 숭숭 구멍이 나버린 것 같다. 의미 있던 일들이 무의미하게 느껴진다. 이 느낌이 무기력이 되지 않게 조심해야 한다.

이 시기에 슈테판 츠바이크의 산문집 『어두울 때에야 보이는 것들이 있습니다』(다산초당, 2024)를 읽을 수 있어서 행운이었다. 그는 제1차세계대전 이후 인플레이션 시기를 회상하며 이렇게 쓴다. "돈을 믿지 못하게 되면서 사람들은 여전히 신뢰할 수 있는 것들의 진수를 깨달았다. 그리고 그것의 가치를 보존하고 수호하기 위해 더욱 노력했다." 전쟁이 벌어지고 극도로 어려운 시기가 계속되어도 사람들은 자신의 삶을 지키기 위해 자발적으로 힘을 합친다. 사람은 사람답게 살아야 한다는 이 단순한 명제 앞에서, 사람됨을 헤아리며 경건해지지 않을 도리가 없다.

겨울은 기다림이 있는 계절이다. 어릴 때는 기나긴 겨울방학을 기다렸고, 추위에 취약해진 요즘에는 벌써부터 봄을 기다린다. 봄이라니, 한겨울에 찾는 봄나물처럼 멀게 느껴지지만 봄은 언제나 인간의 편이었다. 땅을 경작하고 씨를 뿌리고 묵묵히 기다리는 일, 밥심으로 밥을 짓고 그 밥을 먹은 힘으로 다시 희망을 심는 일은 늘 인간의 몫이었다. 각자의 자리에서 제 할 일을 다하면서도 민주주의에 위기가 닥칠 때면 두 발 벗고 광장에 모이는 것은 시민의 힘이었다. 사람과 사람 사이에 다리를 놓아주면서 인간은, 시민은 더디게 오는 봄을 맞이했다. 단순하기에 지고지순할 수 있는 사랑이었다.

이맘때쯤 떠오르는 단어는 '갈무리'다. 갈무리는 "물건 따위를 잘 정리하거나 간수함" "일을 처리하여 마무리함"을 가리키는 단어다. 한 해의 끄트머리에서 자주 소환되지만, 갈무리할 때 찾아오는 감정은 아쉬움일 때가 많다. 정리와 마무리는 내 뜻대로 되는 경우가 거의 없기 때문이다. 욕심이 번번이 뜻을 거스르기 때문이다. 먹고사는 일과 잘 사는 일의 간격이 벌어질 때, 갈무리는 언뜻 불가능해 보이기도 한다. 그럴 때 더더욱 사랑, 연대, 민주주의처럼 '여전히 신뢰할 수 있는 것들'에 악착같이 매달려야 한다.

'나라 꼴'이 흉흉할수록 삶은 역설적으로 생생하게 느껴진다. 내가 지금껏 당연하게 누려왔던 것이, 실은 얼마나 어렵게 쟁취된 것인지 온몸으로 깨닫게 되니 말이다. 밥심으로 행하던 모든 일들이 더이상 예사롭게 느껴지지 않는다. 이때의 삶은 개인의 고유한 삶이자 사회의 일원으로서 함께하는 삶이다. 그리하여 우리는 해가 넘어가고 계절이 바뀐다고 해서 무조건 삶이 갈무리되는 것은 아님을 알아차리게 된다. 집에서, 일터에서, 광장에서.

갈무리하고 마무리 짓는 일에 대해 생각한다. 무엇을 하고 지어야 다시 시작할 수 있다는 사실만은 틀림없다. 새해는 그렇게 온다. 새 소식처럼, 새 물결처럼, 새바람처럼. 봄은 요원하지만, 겨울이 끝나야 그것이 온다는 것을 이제는 안다. 이성부 시인이 「봄」에서 노래한 것처럼, "더디게 더디게 마침내 올 것이 온다." 서울의 봄이, 대한민국의 봄이. (12월 26일)

2025

찾는 일과
되찾는 일

　찾는 일에 대해 생각한다. 지금 없는 것을 얻거나 여기 없는 사람을 만나고자 살피는 일에 대해, 그러니까 희망과 이상을 좇고 새집과 새 친구를 구하는 일에 대해. 모르는 것을 알아내기 위해 부단히 애쓰는 일에 대해, 그러니까 사건의 원인을 밝히고 인생의 목표를 간구하는 일에 대해. 잃거나 빼앗기거나 맡기거나 빌려주었던 것을 돌려받는 일에 대해, 그러니까 유실물을 다시 손에 넣고 상실했던 주권을 회복하는 일에 대해. 헤아려보건대 찾는 일의 근간에는 으레 절박함이 자리하고 있다.

　찾는 일은 환희와도 연결된다. 부푼 마음으로 고향을 찾을 때, 숨 돌리기 위해 여행지를 찾을 때 우리는 설렌다. 안식처나 해방구를 발견한 사람처럼 기쁘다. 좋은 물건을 구하기 위해 노력하고 모든 일의 중심에 양심을 두는 일 또한 능동적으로 찾는 행위다. 여기에는 취향과 신념을 굽히지 않겠다는 의지가 담겨 있다. 도움을 요청하기 위해 관공서, 병원 등 기관을 방문하는 일은 회복을 통한 '찾기'의 실천이다. 잃어버린 꿈과 명예, 신뢰와 긍지, 심신의 건강을 원래의 상태로 돌이킴으로써 삶을 기쁨으로 물들이겠다는 적극적 선언이다. 찾는 사람은 결심한 사람이고, 나아가 그 결심을 실제로 행하는 사람이다.

2024년 12월 3일 이후, 여전히 12월에 사는 사람들이 있다. 새해가 아직 오지 않았다고 믿는 사람들이 있다. 한겨울에 촛불이 되어 광장을 밝히는 사람들이 있다. 음력으로 날짜를 계산해서가 아니다. 새해를 제때 맞이할 수 없을 정도로 크나큰 충격을 받았기 때문이다. 비상계엄은 이전 세대가 피땀으로 힘써 이룩한 것을, 내가 지금껏 공들여 찾아냈던 것을 단박에 부정당하는 경험이었다. 국회 봉쇄와 침입, 국회의장과 국회의원 등에 대한 체포 지시, 중앙선거관리위원회의 난입에서 발견되는 위헌성은 명명백백하다. 한술 더 떠 이날 발표된 비상계엄 포고령은 국민의 정치활동 자유를 전면적으로 제한하고 언론출판의 자유 또한 속박하는 것이었다. "자유민주주의 체제를 부정하는 행위를 금한다"라는 포고령의 문장은, 포고령이 그 자체로 자유민주주의를 구속하는 모순임을 인정하는 꼴이었다.

그날 이후 많은 시민이 공포에 시달리고 있다. 오죽하면 '내란성 증후군'이라는 신조어가 탄생했겠는가. 정도의 차이는 있지만, 내 주변에도 불안을 호소하는 사람들이 있다. 그들은 초조해서 폭식하고 걱정에 시달린 채 불면의 밤을 보낸다. 두려움에 사로잡혀 휴대전화로 뉴스 새로고침을 반복하기도 한다. 비상계엄이 촌극이었다고 말하는 이도 있겠으나, 누군가는 그 후유증을 고스란히 감내하고 있다. 이를 단순히 소동이나 소란으로 치부해서는 안 될 것이다. 소동이 아니다. 소요다. 소란 정도가 아니다. 내란이다. 거기에는 공공질서를 문란하게 만들고 기득권을 영구히 유지하고자 하는 불순한 목적이 있었다.

실체가 없는 불안은 삶을 피폐하게 만든다. 실체가 있지만 그것이 언제 우리를 덮칠지 몰라 가중되는 불안은 삶을 찍어 누른다. 되찾아야 한다. 개개인의 평정심을, 시민의 평범한 일상을, 사회의 평화를. 평平은 고르게 한다는 의미의 접두사로, 순조로운 상태를 지향한다. 평소에는 가려져 있던 '평'의 소중함이 그 어느 때보다 절실하게 느껴지는 요즘이다. 안온한 상황 속 '나'가 찾는 일을 주도한다면, 되찾는 일에서는 내가 놓인 '불안정한 상황'을 이겨내는 게 먼저다. 불안을 안도로 바꾸기 위해서는 역설적으로 각자의 자리에서 각자의 역할을 다해야 한다. 경찰은 경찰의 임무를, 법원은 법원의 책무를, 시민은 시민의 의무를. 되찾음에 깃든 '다시'와 '도로'의 의미를 새겨야 한다.

되찾는 일은 찾는 일보다 더 절박하고 기쁠 것이다. 이미 우리는 찾았던 것을 누린 경험이 있기 때문이다. 자유를, 민주주의를. 시간이 흘러도 이것들은 절대 낡지 않는다. (1월 23일)

발견하는 글쓰기

얼마 전부터 글쓰기 강의를 다시 시작했다. 강의 제목은 〈발견하는 글쓰기〉다. 학교나 기관에서 글쓰기를 배운 적이 없어 연속 강의는 잘 수락하지 않는데 용기를 냈다. 글쓰기는 작은 용기에서 비롯하고 커다란 용기로 마무리되니까. 내가 글쓰기를 통해 무엇을 알게 되었는지, 글쓰기가 내 삶을 어떻게 바꾸었는지에 대해서만큼은 조심스럽게 이야기할 수 있을 것 같았다. 글 쓸 사람들과 함께 초심도 살피고 싶었다. 글쓰기에 입문할 적에 나는 글을 통해 답을 찾으려 하는 사람이었는데, 이제는 글을 쓰고 나면 질문이 남는다는 사실을 안다. 작은 용기가 커다란 용기가 되듯, 작은 질문이 커다란 질문으로 변모하는 것이다.

강의 제목을 〈발견하는 글쓰기〉로 잡은 이유도 글쓰기 자체가 발견의 과정이기 때문이다. 글쓰기 전후와 도중에 모두 발견이 있다. 어떤 것에 대해 글을 쓴다는 것은 거기에 마음을 내주었다는 말이기도 하다. 관심이 없는데, 누가 시키지도 않았는데, 사회적 지위나 일확천금이 보장되지도 않는데 쓰는 경우는 거의 없다. 마음이 동해야 비로소 쓰기 시작하고, 옆에 있는 이가 할 수 있는 것은 고작 마중물을 붓는 일임을 안다. 글을 쓰면서도 발견은 이어진다. 글을 전개하면서 생각이 정교해지기도 하고 내가 정말 하고 싶었던 말은 다른 데 있었음을 깨닫기도 한다.

'지면' 위에 한 편의 글을 다 쓰고 나면 내가 몸담고 있던 어떤 '국면'이 달라졌음을 느낀다. '면面'은 말 그대로 낯, 얼굴빛, 표면 등을 뜻하는 단어지만, 여기에는 '만나다'나 '향하다'라는 뜻도 있다. 어쩌면 글쓰기는 내가 나를 만나고 스스로 내면 깊숙한 곳을 향하는 일일지도 모른다. 자신을 잘 안다고 생각하지만, 파고들수록 나도 몰랐던 내 모습이 나타난다. 내가 부정하거나 애써 누르고 있던 나일 것이다. 아직 바깥에 제 모습을 선보이지 않은 나일 수도 있다. 갖가지 나를 만나는 장이 바로 지면이다. 그리고 그때 발견한 새로운 나 덕분에 삶의 국면이 전환되기도 한다.

글쓰기를 통해 나는 내가 누구인지 알 수 있었다. 왜 나는 글을 쓰려고 할까, 어떤 글을 쓸 때 충만해지는가, 내가 진짜 하고 싶은 이야기가 뭘까, 하고 싶은 이야기에 걸맞은 형식은 무엇일까, 좋아하는 것에 관해 쓰는데 왜 자꾸 싫어하는 게 떠오를까, 책을 많이 읽어야만 좋은 문장을 쓸 수 있을까, 짧은 문장이 꼭 좋은 문장일까, 완벽하게 드러내는 글과 철저하게 감추는 글 중 무엇이 더 쓰기 어려울까 등 글을 쓸 때면 질문들이 앞다투어 쏟아져나왔다. 그 끝에 남는 질문은 이것이었다. 나다운 글이란 과연 무엇일까.

글쓰기는 이상하다. 답을 찾는 일인 줄 알았는데 하면 할수록 질문만 늘어난다. 먹을 것에 탐닉해서 음식과 맛집에 대해 자주 쓰는 사람의 마음속 어딘가에는 허기가 있을 것이다. 그러나 이 허기를 손쉽게 '배고픔'이라고 말할 수는 없다. 거기에는 충족되지 못한 다른 열망이 있을지 모른다. 단순히 '배고픔'으로 간주하기엔 훨씬 더 깊고 아득한 우물이 있을 것이다. 그 우물의 맨아래까지 내려가는 것, 내려가는 길에서 해소되지 않은 감정을 맞닥뜨리는 것, 그 감정을 고스란히 안고 올라오는 것, 글쓰기는 오히려 이런 일에 가깝다.

글쓰기도 어떤 점에서는 나를 받아들이는 일이다. 나와 불화하며 나를 수용하기, 발가벗은 나를 마주하기, 겉을 응시하며 속을 꿰뚫기. 글쓰기에서 꾸준함이 중요한 이유가 그저 글쓰기 능력 향상에 있지만은 않다. 내 속을 뜯어보는 것은 으레 아프고 자주 불쾌한 경험이다. 모든 발견이 희열로 이어지지도 않는다. 싫고 못마땅하고 밉고 못생긴 나를 직면하는 데는 무엇보다 용기가 필요하다. 글을 통해 우리는 자신의 바깥으로 나간다고 생각하지만, 실은 달아나는 척하며 본격적으로 연루되고 있는지도 모른다. '나'라는 사건에. (2월 27일)

기다림에
어울리는 말

　박찬욱 감독의 영화 〈헤어질 결심〉에서 서래(탕웨이)는 남편
이 살해된 사건의 담당 형사 해준(박해일)에게 이렇게 말한다.
"산에 가서 안 오면 걱정했어요, 마침내 죽을까봐." 그는 남편
의 죽음에 동요하거나 슬퍼하지 않는다는 이유로 곧장 용의선
상에 오르지만, 정작 관객들에게 오랫동안 남는 것은 다름 아
닌 '마침내'라는 단어다. 서래가 한국말이 서툴다는 것을 보여
주기 위한 장치인지, 사건의 종결을 강조하기 위해 사용한 단
어인지 알쏭달쏭하기 때문이다. 달성의 느낌이 강한 부사 '마
침내'는 영화 내내 우리를 따라다닌다. 어찌 보면 만나는 일과
헤어지는 일 모두 '마침내'의 자장 안에 있는지도 모른다.
　만나는 일과 헤어지는 일의 앞뒤에 있는 것은 기다림이다.

만나기로 했다면 만날 사람을 기다려야 한다. 호감이 가는 사람과 만났다면, 헤어지고 난 뒤에 다시 만날 때를 기다릴 것이다. 물론 헤어짐을 기다리는 이도 있을 테고, 누군가와 헤어지고 그 헛헛함을 다른 누군가를 만남으로써 채우려는 이도 있을 것이다. 어떤 경우에든 기다림은 '그때'가 오기 전까지 계속될 수밖에 없다. 기다림이 해소되는 때는 기다렸던 사람을 만나거나 기다렸던 일이 벌어지는 순간뿐이다. 달리 말하면, 기다림이 진행중이라는 사실은 그가 아직 뭔가를 바라고 있음을 방증하는 것이기도 하다.

2024년 12월 3일 이후, 우리는 기다림을 계속하고 있다. 봄볕이 푸지게 쏟아지는데도 한겨울에 사는 것처럼 느끼기도 한다. 그때가 아직 오지 않았기 때문이다. 그 순간이 여태 도래하지 않았기 때문이다. 기다리는 와중에 또다른 기다림이 나타난다. 의성 산불 소식을 접한 뒤 가슴을 쓸어내리며 한시바삐 화재가 진압되기를 기다린다. 남태령에서 날아온 물리적 충돌 뉴스에 다행히 아무도 다치지 않았다는 다음 소식의 출현을 기다린다. 이것과 그것과 저것을 동시에 기다린다. 자기 전에는 내일쯤이면 희소식이 들려오지 않을까 기다린다. 기다리는 사람은 기대하는 사람이고, 언뜻 가만있는 듯 보여도 심신이 분주한 사람이다.

　최근에 변변한 글은커녕 변변찮은 글조차 제대로 쓰지 못하고 있다. 생업을 뒤로 미뤄두고 거의 매일 현장에 나가는 이들을 떠올리면, 개인적인 참담함은 단박에 부끄러움으로 바뀐다. 하물며 백일이 넘도록 생업에 지장을 받는 이들은 어떻겠는가. 미안함은 온전히 시민의 몫이다. 미안함마저 시민의 몫이다. 미안함의 자리에 고마움이 들어서기를 기다린다. 기다림은 으레 다른 기다림을 데리고 온다. 기다림을 손잡고 광장에 나간다. 추위도 잊고, 봄이 왔다는 사실도 잊고, 몸의 피곤함도 잊고 기다리는 사람들이 어김없이 있다. 함께 기다리기 시작한다. 기다림이 어서 끝나기를 기다린다.

　최근에 아홉 명의 여성 작가가 쓴 『다시 만날 세계에서』(안온북스, 2025)를 읽었다. '내란 사태에 맞서고 사유하는 여성들'이라는 부제가 일러주듯, 이 책에는 광장의 주축으로 자리잡은 여성들의 이야기가 담겨 있다. 시인 유선혜는 이렇게 쓴다. "나는 내가 세계의 일부임을, 세계가 소용돌이치면 나도 그 폭풍에 휘말려들어갈 수밖에 없음을 알게 되었다." 우리는 지금 소용돌이 속에 있다. 대한민국 국민인 이상, 그 폭풍에 휘말리지 않을 도리가 없을 것이다. 갑자기 요동하는 불안감에 허덕이며 밤새 잠 못 이루고 뒤척이면서도, 습관처럼 열렬히 기다린다. 몇 달째 다시 만날 세계를 기다리고 기다린다.

계엄의 밤이 끝나고 다음날 아침이 밝기를 기다렸던 이들이 변함없이 기다리고 있다. 기다림에 어울리는 말이 있을까? 꼭, 간절히, 애타게, 하염없이, 진득하게, 밤늦도록, 그토록, 손꼽아, 열렬히…… 기다림은 기대로 시작되고 믿음으로 이어지며 만남으로써 충족된다. 오늘도 나는 믿음으로 기다린다. 긴 기다림 끝에 '마침내'가 온다, 마침내. (3월 27일)

몰라도
좋아요

청소년 시집 『마음의 일』(창비교육, 2020)에 나는 「몰라서 좋아요」라는 시를 실었다. 청소년 시기의 나는 모르는 것이 많았다. 보기에서 구석기시대 유물을 골라낼 줄 알고 삼각함수 문제를 풀 수도 있었지만, 친구의 의중을 파악하고 말의 속뜻을 알아차리는 데는 어려움을 겪었다. "모르는 목소리/모르는 얼굴/모르는 맛/모르는 감정/모르는 내일//모르는 것투성이이지만/내가 모른다는 것만은 알아요//몰라요/몰라서 좋아요"라는 구절에는 '모름'을 긍정할 수밖에 없는 당시의 상황이 반영되어 있다. 아는 게 힘이라는 데 동의하면서도, 모르는 게 약이라고 애써 믿을 수밖에 없었다.

어른이 되면 궁금했던 것들이 상당 부분 해결될 거라 믿었다. 성장하면서 몰랐던 것을 자연히 알게 될 것임은 물론, 언젠가는 삶의 이치를 깨달을 수 있으리라고 생각했다. 다양한 경험이 자신감을 키워주고 상상력을 넓혀줄 거라 믿었다. 어려운 결정도 뚝딱뚝딱 내리고 "몰라서 좋아요"라는 말 대신 "알아서 좋아요"라는 말을 입버릇처럼 하게 될 줄 알았다. 그런데 여전히 나는 모르는 사람이다. 목소리, 얼굴, 맛 등은 그때보다 많이 알게 되었지만, 감정이나 내일에 관해 물어보면 속시원히 답변하기 어렵다. 감정이 복잡다단하고 내일이 불투명하다는 것을 알았으니 오히려 더 주저할 수밖에 없을 것이다.

몰라도 되는 것을 알게 될 때 삶은 흥미진진해진다. 굳이 비밀이 아니더라도 그것을 알기 전으로 돌아가기는 여간해서 힘들다. 여행의 즐거움을 체득한 사람은 머물고 있을 때조차 틈틈이 떠나는 일을 떠올린다. 우연히 접한 취미에 소질이 있다는 걸 발견한 사람은 여가를 활용해 그것을 더 잘하고자 한다. 몰라도 되는 것이 알게 되어 기쁜 것이 된다. 한편, 풍요에 길들고 나면 부족한 상황을 견디기 힘들어진다. 비리를 알게 된 조직에 다시 발 들이기란 어렵다. 나를 환영하지 않는 자리에 선선히 깃드는 일은 상상만으로도 끔찍하다. 몰랐을 때는 아무렇지도 않았던 것이 알게 되니 나를 움츠러들게 만들기도 하는 셈이다.

몰라도 되는 것이 실은 알아야 했던 것임을 깨달았을 때 삶의 방향이 달라지기도 한다. 그것이 단순히 능력이나 소질을 뜻하지는 않는다. 행인이었던 누군가가 반려자가 되기도 하고 책 한 권과 영화 한 편이 사고 체계를 뒤흔들기도 하는 게 인생이다. 알기 전에는 있는 줄도 몰랐던 존재가 감정을 쥐락펴락하고 일평생 믿어왔던 것을 뒤집어 바라볼 수 있게 해준다. 시간도 거리도 무게도 다른 차원에 접어드는, 도량형이 무의미해지는 시간이다. 모름을 앎으로 바꾸려 애쓰는 시간이다. 어차피 모를 바에야 잘 모르기 위해 궁리하는 시간이다.

책장 옆에는 아직 읽지 않은 책들이 탑을 이루고 있다. 꽉 찬 책장에 들어서지 못하고 위태롭게 흔들리는 책들을 볼 때면 나도 모르게 움찔움찔한다. 언젠가 엄마가 물은 적이 있었다. "이게 다 뭐야? 읽은 거야?" 때마침 책을 읽지는 않고 쌓아두기만 하는 것을 놀림조로 이르는 단어인 '적독積讀'을 알게 된 직후였다. "아직은 모르는 것들이야. 알게 될 것들이기도 하고." 나도 모르게 변명하듯 튀어나온 저 말이 이따금 떠오르는 걸 보니, 나는 확실히 모름의 상태를 긍정하기 시작한 듯하다. 모른다는 사실을 부끄러워하지 않는 것, 알아갈 수 있다는 생각만으로도

기꺼운 것은 '몰라서 좋아요'의 마음이 '몰라도 좋아요'의 마음
으로 이동했음을 보여준다.

아직은 몰라서 좋고 끝끝내 몰라도 좋다. 모른다는 사실을
안다는 것이, 모르기 때문에 몸을 낮출 수 있다는 것이 실은 얼
마나 다행인지 모른다. 몰라서 나는 나도 모르게 변화할 것이
다. 알다시피 '모르다'에는 "매우 그러하다"라는 강조의 의미도
있다. 그래서일까. 몰라서 얼마나 기쁜지 모른다. 몰라도 얼마
나 설레는지 모른다. (4월 24일)

뭐 어때

ⓒ 오은 2025

초판 1쇄 인쇄 2025년 5월 20일
초판 1쇄 발행 2025년 5월 26일

지은이 오은
펴낸이 김민정

책임편집 유성원
편집 권현승 정가현
디자인 한혜진
저작권 박지영 형소진 오서영
마케팅 정민호 박치우 한민아 이민경 박진희 황승현 김경언
브랜딩 함유지 박민재 이송이 김희숙 박다솔 조다현 김하연 이준희
제작 강신은 김동욱 이순호
제작처 영신사

펴낸곳 (주)난다
출판등록 2016년 8월 25일 제406-2016-000108호
주소 10881 경기도 파주시 회동길 210
전자우편 nandatoogo@gmail.com **페이스북** @nandaisart **인스타그램** @nandaisart
문의전화 031-955-8865(편집) 031-955-2689(마케팅) 031-955-8855(팩스)

ISBN 979-11-94171-59-1 03810